TA

Dello stesso autore
nei «Romanzi e racconti»
L'incantesimo della buffa

nei «Tascabili Maxi»
L'albero di Giuda

Silvana Grasso

Il bastardo di Mautàna

Marsilio

«Tascabili Marsilio» periodico mensile n. 305/2011

Direttore responsabile Cesare De Michelis
Registrazione n. 1138 del 29.03.1994
del Tribunale di Venezia
Registro degli operatori di comunicazione-ROC n. 6388

La prima edizione di questo libro è uscita da Anabasi nel 1994

Prima edizione: settembre 2011
ISBN 978-88-317-1037
www.marsilioeditori.it

Stampato da
Grafica Veneta s.p.a., Trebaseleghe (PD)

EDIZIONE

8 7 6 5 4 3 2 1

2015 2014 2013 2012 2011

IL BASTARDO DI MAUTÀNA

Uno rimproverò a uno omo da bene che non era legittimo. Al quale esso rispose esser legittimo nelli ordini della spezie umana e nella legge di natura, ma che lui nell'una era bastardo, perch'egli avea più costumi di bestia che d'omo, e nella legge delli omini non avea certezza d'esser ligittimo.

Leonardo da Vinci

Stidda ca nascisti a lu livanti
stidda ca va a cuoddi a lu punenti

Mautàna 25 giugno 1921

A scirocco si sentiva un latrato di cagne tra i pistacchi dell'Accia, dove la roccia imbruniva d'una macchia di rovi e del pelo dei conigli, secco e leggiero come la bava delle lumache dopo la pioggia.

Latravano come prossime al parto, e non era tempo d'alleviare nel sangue del ventre i visceri pieni.

Era un gemito scarno quale il suono dell'organo impiallicciato di mogano, nel convento delle Chiarine, appresso a cui donzelle orfane, col fiato forte di notte e di giorno, e gli occhi gonfi di sonno, la mattina alla messa delle sei cantavano *Vi prego Maria salvate l'anima mia.* Nel bel mezzo d'una corrente d'aria che gli gelava insino la saliva, e gliele spaccava le labbra rosse come le hanno solo le vergini.

A ponente, tra i fumi della zolfara, gli alberi erano avari di foglia, quasi calvi, e il poco verde che ne restava, su timidi rami, aveva il colore dei contadini quando prendono la malaria o la cirrosi. E per paura di morirci dicono ch'è solo indigestione e stomaco sporco, e sperano che col clistere tutto s'aggiusti. Sino a che i visceri a pezzi nel pitale tra il sangue niuro delle feci non li costringono ad ammettere ch'è proprio giunta la fine. Che non c'è più niente da fare e che, come per gli alberi bruciati dal fulmine, non resta che un colpo d'accetta a finirli per sempre.

Infine lo ammettono che stanno per morire senza pena senza drammi senza pianto. E dicono che anche le pere, quando sono mature o malate, si staccano dal ramo.

Il vento s'accucciava tra le frasche e la notte divorava, lenta, l'agonia del cardo in fiore, la spina dell'agave e la stella che schiude al tramonto la vagina.

«È notte di *malupirtùsu*... è notte di tempesta... è notte di vento» ripeteva Semenza alle ombre lunghe del vespero che scendevano sulla fattoria piano piano come le tendine di filè quando il filo s'impiglia al rampino e non c'è verso di farle scendere. Se non che alla fine, a furia di tirarle, l'angelo coi riccioli, ricamato sulla tendina, ci perde un occhio o un po' del naso nello strappo.

Semenza, in piedi sullo scalone della fattoria, lo fiutava nell'aria il vento. Con gli occhi non poteva aiutarsi perché era cieca ormai da quarant'anni.

Le sue pupille, arse come la roccia della dolina dove figliavano i conigli selvatici in barba ai cacciatori, che lì non ci potevano arrivare, coglievano solo tralci raminghi di luce, piccole spie di bianco o nero, tra il soffio rauco del vento di ponente, il *malupirtùsu*. Per il resto erano buie come le forre dell'Accia battute dal vento tramontano che ne strappava gli alberi siccome ciuffi d'erba.

La febbre terzana maligna aveva bruciato i suoi occhi. Come la peronospera che bruciava i vitigni nella mezzacosta se non erano già grandi e forti di forti radici dentro la terra.

L'aveva accecata la terzana maligna a otto anni, a Mautàna. Il feudo di don Giachino Verderame, 86 salme 7 tumoli 3 garozzi di terra ad austro di Terranova.

Le pupille subito s'erano affumate *rrunchiàte* come castagne scordate sui carboni. Quelle poche volte che Semenza le faceva bruciacchiare sul braciere, e poi, per salvarne un po' di polpa, tanto s'anneriva nei polpastrelli che nemmeno la lisciva per il bucato riusciva a fugarlo il nerume. S'annidava sottopelle come le zecche e non c'era verso di liberarsene se non dopo molti giorni, col succo di limone. Ma di limoni a Mautàna ce n'erano pochi e si serbavano per faccende serie. Disinfettare le ferite o le femmine dopo il parto, o per lo spurgo d'un ascesso. O la diarrea che costringeva i picciotti a interrompere il lavoro in tutta fretta nelle vigne del Castelluccio. A calarsi le brache, ogni due per tre, col timore di sporcarsele e di restarci imbrattati fino a sera di quelle feci liquide come quelle del neonati, e farsi ridere dietro dagli altri per via del fetore.

E questo succedeva a Mautàna specie quando a San Martino si provava il vino nuovo che, giovane di fermento, li scuoceva i visceri digiuni e li sfiniva d'un'ingrata diarrea per la quale, oltre alla pena del bruciore all'ano, dell'incontinenza, delle coliche intestinali, si doveva patire lo sfottimento degli altri. E quest'ultimo non era certo cosa da sottovalutare.

Dei giorni di febbre, oltre il bisbigliare magro delle contadine che, il fiato d'aglio crudo, recitavano il Rosario accosto al suo letto, Semenza ricordava solo l'acro odore dei gelsi bianchi, che fiorivano nella Fastuchèra al rosso lampo del giorno e lo stufato di cavolo e verza nella pignatta di terracotta che uno spiffero d'aria portava dalla cucina insino al suo letto, tra il tepore della trapunta.

L'odore dei gelsi era aspro, acro, di frutto acerbo e le faceva raspare le carni proprio come se le raspava a sangue la cagna randagia del cortile, per la rogna, tra il pelo rado e allappato di croste.

Dopo giorni di bave e sudori la febbre era calata, ma i suoi occhi erano rimasti al buio, come certe notti senza luna a Mautàna quando i braccianti, col ventre caldo e gonfio di minestra di cavoli, i piedi grandi come granai e nudi, in un silenzio di tomba, spiavano nel cielo i segni della pioggia per le spighe assetate e digiune. E la preghiera restava muta tra il pelo rugginoso del petto, sotto la camicia di tela grossa, muta quale tronco di legno che, silenzioso, brucia nella carbonaia, senza fiamme né vampate, e si consuma lento. Lento.

Dei suoi occhi non restava che una piccola gemma bruna, secca come il cuore dei carciofi se li brucia la gelata della notte, e la gemma prima imbruna poi attrista infine secca.

La cecità che pure è sempre una disgrazia, nel caso di Semenza, lo era un po' meno ché già tutto lei aveva visto, di quello che bisognava, per viverci a Mautàna, uno o cento anni.

A Mautàna, il feudo di don Giachino Verderame, dalla terra buona – il grano era grande come chicchi d'uva –, la vita somigliava alle zucche d'inverno, quelle giallarancio, grandi enormi che bastano per tutto un inverno e oltre. E le fette, grandi o piccole, sono tutte uguali nella polpa, nel colore e nel dolciore. Poi con le sementi seccate al sole vi si fanno le altre per il prossimo inverno, e poi così ancora all'infinito.

La vita, a Mautàna, era tale e quale le zucche d'inverno. I tramonti lunghi nei giorni di bonaccia, gli stivali lordi di creta, lo sfarfallio de' mosconi che ci morivano sullo stoppino del lume a petrolio, lo zoccolo inquieto dei muli – s'era tempo del calore –, il frusciare furtivo di Stinca, la sorella di Semenza, che rubava le ostie consacrate – e non c'era verso di farle capire ch'era peccato

– nella cappelletta dove si diceva messa solo nelle feste comandate. Pasqua e Natale.

Questo era Mautàna, nient'altro. Una vita dai giorni pigri e lenti, senza accadimenti, senza variazioni, senza novità, se si escludeva un matrimonio col vino buono e la soppressata di maiale, o un parto con grida tali da perderci i timpani e panni lordi di sangue a sbiancare con la cenere calda nella tinozza. O un funerale con la bara di legno d'olivo.

A Mautàna si nasceva, si facevano i figli, si moriva, si prendeva la terzana maligna con la stessa consueta naturalezza con cui, ad occhi chiusi, le femmine della masseria preparavano il pane. Una dose di lievito, la farina di rimacinato, il sale grosso, l'acqua calda e forza di pugno.

Morire nascere ammalarsi erano fatti comuni come la semina in autunno, il raccolto d'estate e il porco in agosto. Nessuna attesa, né batticuore. Tutto, gioia o dolore, era accolto nella fattoria senza eccessi, senza frastorno né fragore. Con quel battito lento della pioggia in novembre che andava avanti per un mese intero, leggiera, senza rumore eppure pareva non finire mai quando Semenza ne guardava le gocce minute sui vetri della cucina e ne seguiva il lento precipizio sino a che il vetro non cedeva al legno della porta.

Semenza tutte queste cose le aveva viste già, e, poi che credeva che al mondo ci fosse solo quello da vedere, la cecità non le pareva poi una gran disgrazia.

"Danza la risacca con le altissime stelle
danza la luna nel ventre del mare"

Dentro i suoi occhi, pure se ciechi, c'era il colore dell'acqua tra i rami del melo ombreggiato di rose. C'era lo stupore dell'incerto cerfoglio, la timida furia del pampino della mezzacosta, inerme a fronte del vento. Erano pieni i suoi occhi, come lo erano le sue tasche di sementi di melone, pistacchi e fave rinfornate.

Quaranta inverni erano passati dai giorni della terzana maligna, quaranta inverni che avevano sfinito di vento gli albereti dell'Ogliastro, gli ulivi della Rocca di Luponero e pure lei, Semenza, avevano sfinito perché la vita, a Mautàna, non era stata proprio una zucca d'inverno quale l'aveva creduta a otto anni. E ora che di anni ne aveva quasi cinquanta poteva dirlo con sicurezza, pure se non aveva mai messo piede fuori dalla fattoria nemmeno per andare a Terranova. Mai neanche una volta mentre, in genere, le femmine della masseria, almeno due volte all'anno andavano in paese per comprare spagnolette matassine cerniere aghi alla merceria, o il percallo per la dote delle figlie da marito o l'organzina per il vestito nuovo, a Pasqua. Un vestito leggiero pure se poi Pasqua cadeva in marzo e c'era da prendersi una polmonite perché l'acqua veniva giù a precipizio.

Semenza a Terranova non c'era stata mai. Diceva di non volerne uscire da Mautàna, di non avere necessità di vesti nuove, tanto lei cieca com'era non si doveva maritare. Comunque pure se c'era vissuta a Mautàna, solo e sempre, lo aveva capito, che la vita non era proprio una zucca d'inverno con la polpa aranciognola come l'aveva pensata a otto anni, e che non tutto filava propriamente liscio e naturale come quando s'impastava la farina per il pane o le lasagne.

Sì, quanto a vederci Semenza non ci vedeva, e non s'era neppure maritata – chi la voleva a Mautàna una difettosa come lei? Anche il fatto di non maritarsi, però, aveva dei vantaggi, come scansare le scorregge notturne d'un marito cotto di vino o sopportare il sudore aspro dei suoi piedi sfatti.

Non ci vedeva, Semenza, ma l'odore del grano lo gustava a pieni polmoni, prima dentro le narici leste di furetto – dove l'odore, qualche giorno innanzi alla mietitura, era forte come quello del sangue del mestruo nelle femmine, donne o cavalle; – poi nel petto dove annegava quale le conchiglie annegano in mare tra glauco ribollire di flutti.

Quando Semenza aveva avuto la terzana maligna e, in conseguenza, la cecità s'erano subito dati pensiero di chi potesse curarla.

Ch'era un caso grave s'era capito subito dalle complicazioni alla vista. Nessuno c'era rimasto cieco per via della terzana. Così s'era pensato di consultare, in mancanza d'un medico, la Canaria dottora, che poi era meglio d'un dottore vero, e insino i dottori – chi da Ragusa chi da Comiso chi da Terranova – quatti quatti di nascosto, andavano da lei a farsi curare. Si fidavano della Canaria più di quanto non si fidassero delle medicine e degli intrugli che preparavano gli speziali.

La Canaria sempre lo sapeva cosa bisognava fare, come intervenire. Poi solo a vederla alta soda nella figura solenne da zingara o regina metteva animo con la sua spavalderia e rassicurava tutti, signori e contadini, dicendo «niente niente non datevi pensiero... è cosa da niente ci pensa la Canaria», poi s'erano maschi scopriva un po' la coscia o i seni sì che se ne intuisse il capezzolo tondo e bruno. Ed era fatta.

La Canaria, proprio lei stessa, era un toccasana per chi la vedeva. Estate o inverno che fosse sempre sbracciata, il seno scoperto sotto il corsetto slacciato, la nuca fiera, il polpaccio lungo e sodo. Insomma la Canaria, che mai portava vesti pesanti né calze agli aghi era proprio il quadro della salute sì che a vederla ci si sentiva subito meglio.

Se le capitava d'aggiustare a un picciotto la caviglia

slogata, prima che lui gridasse dal dolore, lo preveniva dicendo «i dolori delle ossa sono peggio di quelli del parto» e senza indugio gli cacciava in bocca un fazzolettaccio che quasi lo strozzava. Poi – lo faceva apposta – mentre con rapidi gesti delle mani gli conciava la caviglia gonfia e la strofinava con sugna di capra, non si curava affatto di rimettere ordine tra i seni in fuga dal reggipetto così che il picciotto, addietro al dondolio del suo petto, avesse meno pensieri del dolore alla caviglia. E lei, se non c'erano storie, si spicciava prima.

«Benedetta... benedetta» le dicevano poi allontanandosi sulla caviglia dolorante ma rimessa a posto, e con la scusa d'assicurare il danaro del compenso tra i seni, come usava la Canaria, le tastavano il petto più del giusto. E ne verificavano al tatto la morbida durezza come di caciotte di capra lasciate nei solai ad asciugarsi con la corrente d'aria dalle tegole imperfette e ammaccate.

Quanto a lei se il picciotto era giovane e aveva i capelli, tanti e ricci e grossi e neri – guai a non avere capelli per la Canaria – lasciava fare, ma fino a un certo punto, dopo di che, con un sorriso lungo come l'arcobaleno dopo un acquazzone, diceva «via via che non ho tempo da perdere». Poi sistemava per bene i danari tra l'insenatura dei seni e riallacciava il corpetto.

Quindi per la fama che aveva di dottora non c'era di meglio che la Canaria per la malattia di Semenza. Se qualcuno ci poteva a ridarle la vista quella era proprio lei.

Fu così che per via della cura Semenza conobbe la Canaria. Prima non l'aveva mai vista se non da lontano trascorrere le spighe mature, più veloce degli uccelli nell'aria, e poi sparire tra i fumi della zolfara.

Certo la Canaria era una femmina strana e, quando la si vedeva da lontano, le femmine della masseria, che pure se la chiamavano per abortire, si facevano il segno della croce. Tre volte sul petto, perché gli ricordava il peccato.

Tutti lo sapevano nel feudo di Mautàna che la Canaria, scienziata e dottora, miracoli faceva con le sue erbe e l'orazioni dette a digiuno col fiato crudo della notte, sussurrate tra un gorgoglio di petto e leggieri schizzi di sputo. Quale per la griglia del confessionale tutto d'un fiato si ruttano i peccati fidando nella sordità del prete.

Semenza, pure s'era stordita dalla febbre alta, già dai primi giorni della sua malattia l'aveva sentito fare, accanto al suo letto, il nome della Canaria tra un padrennostro e un rutto d'acido.

«La Canaria ci vuole... la Canaria... pure lo speziale se le cura dalla Canaria le cosce con l'eczema e le pustole... quella è una dottora... fa scappare insino i vermi dal budello dei garzoni con l'aglio e l'orazioni... e le sanguisughe poi... una maga... le appiccica alle vene insino tra le natiche de' braccianti vicino a quei "cosi"... e poi con la scusa del salasso li tocca i "cosi" dei picciotti... ché ci piacciono alla Canaria i "cosi" de' giovanotti, tosti, pieni, duri come le pannocchie di granturco... una dottora... non sbaglia mai... e concia l'ossa ch'è una meraviglia... e la tigna con l'ortica mascolina e l'olio di frumento la sana... e i porretti scomparire li fa d'un fiato con le budella dello scarafaggio rosso e il piscio di piccione e...»

Le contadine della masseria avevano insistito con la madre di Semenza a che chiamasse la Canaria, ma quella ch'era una buona cristiana e se lo diceva, ogni sera a vespri, il Rosario, non ce l'aveva in simpatia la Canaria che praticava aborti – anche a lei ne aveva fatti fare due o tre – e gettava nella secchia di rame i teneri germogli del ventre gravido come budello di coniglio.

Infine per Semenza che rischiava a otto anni di restarci cieca, e neanche maritarla si poteva con quella disgrazia (a Mautàna i garzoni le volevano forti e sane le spose e pazienti ai mestieri dei campi come le mule e i polpacci grandi e gli occhi valenti) la fece venire la Canaria.

La Canaria, spavalda nella caviglia spavalda, il passo di gatta selvaggia, il petto pieno come mela che rosseggia sul ramo più alto, per lo più praticava aborti nella masseria. E arrivava all'Angelo, tra i fumi allappati della zolfara di Maccalùbba, con lo scialle su i riccioli saracini, quando veniva per nettare le viscere delle contadine, pur se la gravidanza era già avanti nel tempo e bisognava tirarlo, a pezzi, il piccolo feto racchiuso nell'utero. Un braccio una mano e un pezzo di spalla e così via, sino a che il sangue usciva rosso e pulito senza grumi né intoppi d'ossa e di carne.

Stupivano le contadine di Mautàna a fronte di quelle dita lunghe leggiere fidate che rovistavano la sacca umorosa dell'utero, e ne svuotavano il misero fardello di carni, ne scrostavano il sangue cagliato, ne raspavano i germogli di vita con la falce dell'unghia, come quando raspavano il fieno stellino buono per l'orzaiolo «Fate presto Canaria... fate presto» si raccomandavano «levate tutto tutto... che non resti dentro niente niente...»

E lei col cucchiaio di rame, dentro le segrete dell'utero, faceva presto e nettava tutto. Poi si lavava le mani con la cenere e l'acqua fredda del pozzo – «disinfetta... disinfetta» diceva – e rassicurava le contadine con l'utero aperto per l'aborto e la sottana insanguinata «Chi mangia fa molliche... non ci badate... chi mangia fa molliche... se ci cascate ancora ché gli uomini porci sono c'è la Canaria che vi sgrava... la Canaria... fidatevi della Canaria...»

E le contadine fidavano della Canaria, altro che, pure se poi si facevano il segno della croce. E la chiamavano spesso perché con la purga, tanta che un cavallo ci sarebbe morto, non sempre da sole ci riuscivano ad abortire. Poi solo la Canaria, lei sola, sapeva quietare l'utero dall'onda impetuosa del sangue e ammansirne lo spasimo crudo, quando, finito l'aborto, l'utero pian piano con fitte dolorose si restringeva e si chiudeva a serraglio.

Solo lei avventurava nell'utero erba di vento e ciuffi di prezzemolo e il cucchiaio di rame dalla punta affilata che a pezzi abbrancava la vita furtiva del ventre.

E quando partorivano, le contadine ce la volevano la Canaria, gli metteva coraggio. Pur se l'indomani, a vederla da lontano, per il peccato dell'aborto che gli restava sulla coscienza come la trippa sullo stomaco – quando la si mangia di sera – tornavano a farsi sul petto il segno della croce.

Lesta com'era e dottora la Canaria rivoltava visceri e sangue come niente, e se nasceva una femmina «Presto... presto... un bel pugno di sale grosso... se ci si mette il sale... là al punto giusto... appena nate col sangue del parto addosso... gli uomini le cercano quando sono signorine... e fanno fortuna coi picciotti... il sale il sale... presto il sale grosso...» e spargeva tanto sale sul tenero pube che la piccola, nata femmina, strillava per tutta la notte, né serviva a chetarla il latte della mammella.

"Ho bevuto il fiore del veleno
ho bevuto la polvere d'oro"

La Canaria arrivò alla casa di Semenza al tramonto col suo passo di gatta selvaggia. Il sole, in un'ultima vampata, incendiava il cielo di Mautàna come i fuochi la notte quando, dopo la mietitura, i contadini incendiavano le stoppie per concimare e ingrassare la terra prima della semina.

La Canaria, il petto per buona parte fuori dalle coppe di tela, il collo lungo bruno, arrivò al tramonto quando la campana delle Suore Chiarine di Terranova chiamava al Rosario le vecchie sulle sedie dure intrecciate con la corda, tra l'odore della cera bruciata.

Le braccia nude, pur s'era di marzo e il tramontano li finiva i pistacchi sull'Accia, i seni sudati per il passo lesto di gatta selvaggia, la Canaria, al lume dello stoppino inzuppato di petrolio le fissò, le pupille di Semenza, con fare da vera dottora.

La luce dello stoppino le avvampava i seni sudati, grandi come melagrane sull'albero e se ne intuiva un capezzolo bruno sucaròlo ninghi-ninghi.

Erano secchi gli occhi di Semenza, secchi quale la terra dell'Ogliastro piantata a pistacchi.

Asciutti come la pietraia sotto il costone di Mautàna, dove la terra per via delle pietre era inaccessibile all'aratro, e se ne stava incarognita brulla, aspra con un che di astioso per chiunque passando di lì vi posava gli occhi.

La Canaria vide che gli occhi di Semenza erano immobili come l'onda morta della palude di Mautàna, dove l'acqua era greve e il fondo pieno di melma e ogni anno almeno uno, de' paesi vicini, vi s'affogava. Ché la sabbia d'un subito lo inghiottiva quale un moscerino di quelli che galleggiavano a pelo d'acqua nella palude.

Infine, inquieto il flutto ventoso dei seni che svolavano dal reggipetto troppo piccolo, gli occhi di lupa e le mani sui fianchi che sgrillavano da sotto le gonne – non che lei fosse grassa, tutt'altro. Sebbene avesse più di quarant'anni la sua carne era fitta come quella delle lepri prima di figliare, solo che le piacevano le gonne strette strette sui fianchi – la Canaria pronunciò una diagnosi incomprensibile oscura per via delle parole che, a tutta prima, niente avevano a che fare con la cecità di Semenza.

La Canaria parlava di sangue rose anemoni – che c'entravano poi i fiori? – mentre la madre di Semenza scolava d'urina giù per le cosce secche che stringeva più che poteva con uno sforzo non lieve del bacino.

Da quando aveva fatto l'ultimo parto la vescica le si era slabbrata quale l'elastico delle mutande che scuoce dentro il bollore dell'acqua.

Pertanto non era eccezionale che le sfuggissero gocce d'urina. Anzi era così frequente che bastava uno starnuto o un colpo di tosse perché il giallo liquore del piscio senza freno traboccasse la vescica, lungo il secco pendio della coscia. E questo, pur se la povera donna, per paura e vergogna della sua incontinenza, urinava di continuo nel pitale di coccio e svuotava la vescica con una insistenza maniacale.

Nel momento in cui la Canaria prese a parlare, vuoi per il timore di quello che poteva sentir dire, vuoi per lo sfascio della vescica, il caldo liquore del piscio – caldo a fronte della pelle grigia e fredda delle cosce – goccia a goccia si depositò silenzioso ai piedi della madre di Semenza. Muta di vergogna, pallida al pensiero che la Canaria se ne accorgesse, pur se la terracotta dei mattoni in un baleno assorbiva tra i suoi pori grandi il giallognolo liquore dell'urina.

La madre di Semenza si stringeva nelle cosce sperando che la vescica si richiudesse, e pensava che nella cecità della figlia c'era certo il castigo di Dio per avere fatto due aborti o tre prima di metterla al mondo. Pur se lo pregava il buon Dio e glielo aveva spiegato – alla buona s'intende – che quei tre aborti aveva dovuto farli a forza e, ogni sera, il Rosario tre volte se lo diceva tanto che, per il sonno, l'ultimo padrennostro le si strozzava tra i denti.

Infine la Canaria con addosso il profumo agrigno come di limoni verdelli – la sua pelle aveva questo odore forte –, di cui pure il lenzuolo di Semenza s'era riempito, e la trapunta, prese a ripeterla, questa volta a voce più sostenuta, l'oscura diagnosi

È tempo di vendemmia, grava sul vitigno il
grappolo dell'uva.
Il sangue dà vita alla rosa
l'anemone sboccia dal pianto.

Pur se la voce era adesso robusta e le parole spiccicate chiare, la madre di Semenza, forse anche per via dell'impaccio del piscio ormai freddo tra le cosce, non ci capiva niente. Però gliel'avevano detto le contadine della masseria «Strana è la Canaria... strana e parla scuro... ma sana come una vera dottora e di più».

Poi che la Canaria vide la madre di Semenza accorata sul trespolo, con le mani giunte e il collo infossato tra le scapole e il gargarozzo gonfio per la tiroide (oltrettutto lo sapeva ch'era una donnetta da poco, sempre piena di vergogna e coi pomelli rossi quando per via degli aborti si scopriva l'inguine a poco a poco, come fosse una vergine del convento, sì che c'era da faticare a dirle d'aprirle bene le cosce, di stenderle quelle carni tese quale la corda a bagno nel catino) aggiunse a essere più chiara: «Fate conto che c'è un polpo sulla pupilla di vostra figlia e coi suoi tentacoli le strappa la luce come vitella strappata alla madre. La testa gli si deve tagliare al polpo, la coda si deve tagliare, il cuore si deve tagliare. Non ci badate... è affar mio... so come devo fare... non è la prima volta... L'altr'anno sapete...»

Ormai sulla seggiola, con i polpastrelli neri di carboni, la madre di Semenza, ora che la vescica non più spazientiva d'altra urina, pure lo stesso non osava chiedere chiarimenti alla Canaria. Se ne stava lì impietrita come quando a 15 anni le avevano portato davanti un vedovo calvo, col collo corto il naso sudato e le gambe storte, di quarant'anni, e lei non aveva osato dire di no, di no che non lo voleva. E infine l'aveva sposato, e n'aveva avuto figli botte e aborti. Non ce l'aveva il coraggio di parlare la madre di Semenza, stava lì impietrita, ma, poi che la figlia le restava cieca, con uno sforzo non inferiore a quello per trattenere la vescica impaziente e slabbrata:

«Canaria» disse «vi prego... cieca mi resta questa figlia come i gatti ciechi che s'affogano nella gebbia, e i picciotti invece li vogliono sani gli occhi... sani... se resta cieca non si marita... e chi la campa se non si marita? La serva a sua sorella ci toccherà di fare o peggio... Canaria il miracolo ci dovete fare... il miracolo...» mentre, con la coda dell'occhio scrutava gli occhi di Canaria, occhi di lupa che fugge la luna, e il suo corsetto slacciato e i suoi seni colore del miele.

Canaria, cui non poco piaceva essere pregata, assicurò di sì, che l'avrebbe curata.

E in effetti ogni giorno sul far dell'alba, quando l'agonia della notte cede al timido chiarore dell'alba – e il cardo rianima di brina – se ne stava al letto di Semenza provando erbe intrugli e strane invocazioni che lei chiamava preghiere, ma che certo – si diceva la madre di Semenza – col padrennostro e l'avemmaria non aveva proprio nessuna somiglianza.

La Canaria, al letto di Semenza, farfugliava a voce bassa le sue orazioni, tenendo una testa d'aglio nella mano ritta, nella manca una coltella robusta di quelle che usavano i contadini per scannare i capretti, sotto le feste di Pasqua, quando arrivavano a Mautàna i predicatori di città e lo dicevano chiaro e tondo che volevano mangiare bene. Carne di preferenza.

«Niente cipolle patate verdure che indeboliscono il sangue» dicevano i predicatori, e concludevano che la salvezza delle anime, a loro affidata, abbisognava di grande energia e buon sangue. E i contadini di Mautàna, che ci tenevano alla salvezza dell'anima – ché solo quella potevano salvare visto che il corpo gli si consumava al sole nella vigna – scannavano quaglie e capretti per i predicatori di città, mentre tenevano per loro le uova del pollaio e le patate nuove, oltre che naturalmente il pane di forno in abbondanza. Ché il grano a Mautàna non mancava mai, e anche il vino.

La voce grumosa della Canaria si cagliava nella nebbia dell'alba, affilata come la lama che doveva tagliarlo il polpo, aviticchiato alla pupilla di Semenza come a uno scoglio di mare che l'onda salata disseta.

Pur tuttavia, nonostante preghiere e intrugli d'erbe, gli occhi di Semenza restavano scoloriti, quelli dei gatti affogati nel canalone quando, il pelo incollato alle ossa, li tiravano fuori con la canna ché, sennò, infettavano l'acqua.

E la pupilla ne moriva dentro quegli occhi, come quando, tra i torbidi vapori della zolfara, moriva la luce dell'alba se per caso veniva a piovere.

Per gli occhi di Semenza non ci fu niente da fare. Rimasero secchi come il pane quando non lievita a tempo. Quanto a lei s'adattò subito al buio, e nella Fastuchèra, quando spirava il tramontano, negli aguzzi tramonti di novembre, gli occhi battuti dal vento e dalle frasche, affidava, per l'incerto sentiero, al soffio fidato dell'aria, il suo piede veloce. Senza tentennamenti né paure con la spavalderia di chi ci vede. E lei, pur cieca, a suo modo ci vedeva.

"Germoglia il grano dal grano
germoglia il sangue dal sangue che ingrassa i capretti
germoglia la vigna di lutti
germoglia la pioggia che ingravida il calvo querceto"

La Canaria che pure non c'era riuscita a ridare la vista a Semenza, le insegnò a riconoscere le erbe contro ogni malanno, le insegnò a conciare con i movimenti delle mani le ossa rotte e tutti gli altri suoi segreti di guaritrice, a che Semenza potesse camparsi senza fare la serva alla sorella o peggio (così aveva detto la madre intendendo forse col peggio "fare la puttana").

Semenza, veloce più che non si dica, imparò dalla Canaria la virtù delle erbe – giglio vendemmiolo, ortica, fiori di ruta, pampini di gelso – per conciare le ossa, per quietare l'affanno del petto, per seccare i porretti. E fu negli anni tale scinziata e sanatrice che nel feudo di Mautàna da Terranova e dall'agro di Castellazzo andavano, signori e contadini, con mal di reni, ossa rotte e quant'altro, a chiedere dell'Orba.

Semenza s'arrampicava veloce come se ci vedesse lungo il sentiero della Mandravecchia in cerca d'erbe. La guidava in un certo senso il canto del codirosso, che pe' gorghi dell'aere sonante sgominava la greggia dei grilli. Il suo volo era corto e impaziente. Il suo canto era lungo rassegnato e straziava la Rocca della Mandravecchia nella fenditura delle crepe.

Quanto alla Canaria, Semenza – quando faceva apprendistato per essere anche lei dottora – non la vedeva ma la sentiva. Inquietare le frasche sulla stuoia di capra quando vi giaceva con don Giachino Verderame, il padrone di Mautàna, e le diceva «Va' va' Semenza. Che fai lì impalata? va' a prendere la menta alla Rocca dell'Accia... una corsa... e torna... capito? una corsa e torna...»

Era una scusa bell'e buona per levarsela di torno ché la menta attorno alla casa vi cresceva fitta tale e quale la gramigna. Era una scusa per giacere sola col padrone che poi per via dell'ernia all'inguine non ci metteva tanto per il suo bisogno. Giusto il tempo d'una corsa all'Accia.

"Mormora il seme e sgocciola quiete
brivido d'acque tra legni di melo"

Il tramonto era inquieto, quella sera di fine giugno, a Mautàna.

Semenza ne avvertiva un presagio di mali dal latrato delle cagne dell'Accia, dal gorgo furioso dell'aria che annunziava il *malupirtùsu*, il vento di ponente.

«Il vento di ponente in giugno a Mautàna? disgrazie porta... disgrazie e lutto... disgrazie disgrazie...» ripeteva, già prossima allo scalone. Lei nell'aria, che ingrossava di frasche, la sentiva la disgrazia, la fiutava come i cani da caccia la selvaggina nel dirupo.

Il suo respiro era forte aspro come aspro fiato di serpe che, verde la squama, sulla trave smurata aggroppa la femmina. Aspro e caldo come i caldi vapori della zolfara di Maccalubba, nel pianoro di Quarto della Salinella, a borea. Caldo come il caldo mosto di grappoli vendemmiati nel paiuolo di rame.

Semenza, pur s'era sola, ripeteva a bassa voce ch'era notte di tempesta e il suono della voce, manso sicuro dentro il tepore fidato del petto, una volta che superava lo steccato delle labbra, ne veniva fuori duro minaccioso, quale l'onda sotto il dirupo di Montelungo quando, nelle notti di temporale, si frangeva in un fiotto scuro di spume contro i picchi della roccia.

Era l'ora del vespero, e il cielo era acceso violento d'un rosso cupo innaturale per i quieti tramonti di giugno che disegnano nuvole leggiere e bianche come la lana dei capretti appena nati.

Semenza nell'aria lo fiutava dentro le narici carnose il vento di ponente.

Dapprima timido soffio tra i pistacchi della mezzacosta. Poi sempre più forte, un turbinio di foglie d'acero, di pampini, di corbezzoli, di gemma di granturco prossima al parto.

Certo prima che fosse notte sarebbe arrivato insino a Mautàna, con tale furia e rantolo da sradicare i vitigni nuovi come ciuffi di lattuga. Per questo le cagne dell'Accia latravano, loro che per prime da lontano lo fiutavano il vento di ponente, il *malupirtùsu*, che in giugno, prossima ormai la mietitura, era un fatto eccezionale, e di certo portava "lutti... lutti... e disgrazie".

Contr'al vento era la caviglia di Semenza ritta quale ramo d'alloro, pur s'era vicina ai cinquant'anni, e la narice – grotta marina dove l'onda si frange e rutta il fragore dell'eco – e il petto immacolato, perché lei non c'era mai stata con un bracciante ubriaco sulla paglia come la Canaria col padrone don Giachino, e le contadine della masseria a farseli stringere i seni, forte come quando li mungevano alle vacche per il latte dentr'al fienile, a sentirle le scoregge dei fagiuoli, forti come tuoni.

Com'era diventata crescendo non lo sapeva, però si credeva né bella né brutta a giudicare dal fatto che quand'era, da ragazza, in giro per Mautàna mai nessuno aveva provato a farsela sulla paglia, come succedeva un po' a tutte.

Da questo pensava di non essere una bellezza. Forse somigliava alla madre, una di quelle facce che si fatica a ricordare pur se si vedono ogni giorno per una vita intera, la pelle olivastra, gli occhi marrone, il mento sfuggente, non bello come quello di Stinca che aveva una fossetta profonda quanto un cece.

Veramente Stinca era bella tutta. I capelli crespi folti rossi, l'incarnato dorato con piccole lentiggini assolate, la vita sottile, le cosce lunghe piene già da bambina, quando con grande disperazione di sua madre – comunque era proprio una donnetta insignificante da niente – e vergogna di tutta la masseria si faceva toccare sotto le mutande dai predicatori di città. E infine ci faceva tutte le cose dei grandi con un che di morboso incredibile in una bambina. Sì che a Mautàna la chiamavano "la diavola".

Dunque Semenza lo sapeva per certo che Stinca era bella, pur se non la vedeva, come per certo sapeva che lei non era un granché, né bella né brutta. Graziaddio comunque lei era cieca, non s'era maritata, era ancora vergine e contava di restarci, anche perché a Mautàna cos'era avere un uomo lo sapeva. Dall'ansimo di don Giachino sulla Canaria, o dalle bave avvinazzate di Tano, il figlio di don Giachino, che si chiudeva nelle stalle con Stinca e urlava e bestemmiava e la chiamava "buttàna", pur se le stava sopra.

"Nulla è rimasto della siepe di spine
nulla è rimasto se non il deserto"

In un canto c'era Janìa. Larghi brandelli d'intonaco precipitavano sulla sua testa rossiccia che s'agitava, ventosa, sul dirupo del collo e si torceva come battaglio di campana la domenica delle Palme. Quanto al resto Janìa era un pezzo di carne, un rosso pezzo di carne senza cervello o, se ce l'aveva, di certo non ne aveva le normali funzioni. Dire quattro parole, per esempio, o intrattenersi con gli altri cristiani o andare al bordello di Mimina a Terranova, come ogni domenica facevano i picciotti della masseria dopo due ore di bagno nella tinozza e la biancheria pulita di bucato.

Semenza lo riconobbe dal fiato forte a causa del groppo di bave che gli intasavano il petto. Si abbassò, gli sentì le vene dove il giovine sangue pulsava veloce. Vene grosse gonfie che scivolavano sotto la mano come le sanguisughe che usava per i salassi.

Rutti di bava dalla bocca di Janìa colavano giù insino all'ombelico, per via della malattia che gli aveva seccato il cervello, senza peraltro che il ragazzo – aveva quasi trent'anni ma quando si è scemi non si dimostrano gli anni e questo era l'unico vantaggio, per così dire, che Janìa traeva dalla sua deficienza mentale – se ne desse pensiero.

Janìa oltre che scemo era muto, come lo sono mute certe sere di novembre quando s'ode crepitare lo stoppino del lume e lo scricchiolio delle sedie e il ticchettio dell'orologio sulla credenza e il fruscio dei mosconi sulle tendine di filè appese al vetro dei portalini.

L'inguine del ragazzo, lì a terra, era nudo, come sempre, e la sua mano, grande smisurata carnosa, infuriava su di esso senza posa come le zecche dentro la carne dei cavalli.

«Si tocca... si tocca... allora lo capisce questo... guardate come gli si fa grande... manco i picciotti che vengono da Vittoria per la vendemmia ce l'hanno così... guardate ricomincia ricomincia... guarda... chissà se prova come quelli giusti di mente... o più...» dicevano le contadine della masseria quando guardavano Janìa masturbarsi, e lo guardavano non di sfuggita ma attente maligne con curiosità che cresceva, pari all'inconfessabile desiderio ch'esse avevano di quel sesso immenso a fronte d'un cervello minimo. E ne coltivavano fantasie morbose giacché gli amplessi dei mariti ci passavano quattordici ore, s'era d'estate, tra il grano con la testa al sole – erano spicci, frettolosi destinati a conchiudersi in un gettito avaro di seme nel giro d'una manciata di secondi. Loro, mentre che badavano alla monta delle cavalle sospiravano guardando lo stallone che nel pelo lucente non mostrava di patire sforzo alcuno. E l'occhio allo stallone, al tempo della monta, lucido gli restava e la groppa alacre inquieta invocava altre cavalle, già un attimo dopo.

I loro uomini, mentre, finito il bisogno "il tempo d'una pisciata", diceva la ragusana, giacevano come morti sulla coperta coi broccoli nelle pance e gli stivali ai piedi. Quando una di loro chiedeva se Janìa sentisse come gli altri picciotti, poi che comunque aveva una dote di sesso impensabile nei loro uomini.

«Più più» rispondevano le altre in coro col labbro sudato e peloso «più... ché cervello non ne ha... pensieri non gliene vengono... nei campi al sole non ci va... e pensa solo a quello e come se ci pensa... tutto il giorno al pozzo con la mano su e giù... che i calli s'è fatta la mano... e gli viene grande che manco ai picciotti co' la testa giusta...»

Questo della testa giusta era proprio vero. Janìa non aveva la testa giusta come gli altri picciotti della masseria, nel senso che Janìa non parlava, non andava nei campi a mietere e potare, non vestiva i pantaloni di tela, e, la domenica, quelli di fustagno per il bordello, non andava alla predica nei giorni di festa e non si maritava. Tranne che col suo inguine, il ragazzo, nipote di Semenza, non aveva nessun tipo di contatto con niente e con nessuno. Ma l'inguine era grande pieno e le contadine stupivano e sudavano e qualcheduna – così malignavano riguardo alla Zucculàra, una femmina tosta da poco al feudo di Mautàna – ci faceva il "pensiero".

«No!... c'è stata c'è stata... di sicuro che c'è stata la Zucculàra... le mani sul fuoco mi ci metto... c'è stata vi dico... ché gli occhi ci lasciava su... quando passava... c'è stata...» assicurava Pasqualina la Nanitta che aveva un gozzo grande quanto un uovo di struzzo e v'appoggiava il mento nero di peli e porretti.

"Dove su l'agile nave volando
navighi l'infecondo flutto?"

Janìa aveva la carne bianca e il pelo rosso, fiammeggiante su tutto il corpo proprio come i capelli rossi di sua madre Stinca, la sorella di Semenza.

Stava per lo più immobile, ma la testa la muoveva in continuazione, come i tori quando alla fattoria li scannavano col coltellaccio dentro la vena giugulare. Si sbavava sì da lasciare un sentiero di bave lucenti sulle basole nere del cortile, e si masturbava a terra, nudo, come la magica nudità della luna sull'Accia.

Nessuno ne aveva cura se si escludeva Semenza. Lo sapevano scemo dalla nascita e non ci badavano più.

«È stata una botta di latte ché il latte preso di nervi lo guasta il cervello ai bambini» diceva sua madre Stinca e chiudeva la bocca a tutti che invece lo pensavano un castigo di Dio per la madre ch'era un demonio, e s'era macchiata l'anima più d'una volta. E infine, per colpa sua s'era impiccato un giovane predicatore.

«Pecca l'albero la foglia riceve» sussurravano secche attente a non farsi sentire – quella buttàna di Stinca era sempre in agguato – le contadine di Mautàna davanti a quel ragazzo di quasi trent'anni che si masturbava al sole, accosto allo scolo del pozzo con uno sciame di mosconi addosso.

Semenza gli toccò gli occhi. Non si mossero, rimasero accucciati alla palpebra come cagne alla Rupe. Lei, che era l'unica a poterci capire, lo sentì spaventato. Forse per il vento che ingrossava – si disse.

Era sera tarda e tutti dormivano a Mautàna, nel pallore funesto della luna, con la trapuntina ai piedi, pur se il vento strappava gli alberi e l'Accia, coi suoi pistacchi, sembrava precipitare dalla rupe da un momento all'altro.

Tutti dormivano, storditi di vino. Lo bevevano a volontà ora che il nuovo padrone era don Tano, e quel vecchio porco di don Giachino – glielo dava il vino solo se principiava a diventare aceto – era morto e al Camposanto se lo finivano i vermi.

Dormivano e avevano addossi i panni che puzzavano di sterco e stalla, e, quanto a Janìa sempre lì tra i piedi, pensavano ch'era uno spreco dargli da mangiare.

«Se non gli si dà la minestra a questa bestia si secca e muore... si secca come le mandorle malate *ppirugnàte* in su l'albero...»

Parlavano di Janìa a Mautàna solo se si pensava di levargli il mangiare, e dire che a Mautàna ce n'era per tutti mangiare. Era il feudo più ricco di don Giachino Verderame di Terranova. Anche l'olio non mancava mai e il formaggio – pecorino e primosale – e anche il vino nelle botti di legno buono.

«Questo» dicevano indicando Janìa «di grande ha solo l'inguine mentre il cervello ce l'ha piccolo come le mandorle schiacciate nel mortaio per i dolci del Corpus Domini. E poi respira come il verso dei piccioni di notte e ci porta le cimici e i mosconi.»

Semenza, nonostante gli fosse accanto, sentiva Janìa sempre più spaventato e per quietarlo cominciò a cantargli, come già un tempo, una filastrocca contro il malocchio. La Canaria la cantava con le cosce nude rilucenti sotto la luna grande di Mautàna.

Corna curnìcchia l'agghiu a tri spicchia
lu gnuri 'nta lu cocchiu 'n firrettu dintra l'occhiu
'ncurnìcchiu di curaddu lu ferru di cavaddu
Corna curnìcchia... l'agghiu a tri spicchia...

Piano piano s'allontanava il latrato delle cagne, pure il vento era calato, e la gente della masseria, la testa scura di fumi sul cuscino di foglie secche, allentava nella calura del petto la corsa dei fiati. Intorno, tranne Semenza e Janìa non c'era nessuno. C'era solo silenzio e la notte nutrita del muschio della luna.

"Nel morso fumano al confine
le bocche dei cavalli"

Scortecciato e calvo si levò il giorno a Mautàna. A fatica la fattoria venne fuori dalle nebbie della zolfara sulla collina, ad austro, vecchia come il tempo o il tronco dei pistacchi della Chiudìa.

La fattoria era su un fianco della collina, in una cuna di terra bruna quale il tronco d'un ulivo, ma il colore era bianco lattiginoso come i conci di pietra viva della vicina cava.

Il muro di cinta s'alleggeriva nel taglio netto delle finestre e nei conci di pietra sulla curvatura del portale d'ingresso.

La massa rigida delle forme, l'austerità del portale, isolato e irraggiungibile a mezz'aria se non per una rampa di scale, lo strombo profondo delle finestre, al pianterreno, slargate in specie di feritoie, erano il ritratto del vecchio padrone don Giachino Verderame di Terranova, al Camposanto già da quindici anni. Il ritratto della sua carne fitta, carne di selvaggina. Del suo occhio uncinato come di rapace sul pavido gregge.

A mezzo il cortile un pozzo per le acque piovane, tanto asciutto che se ne vedevano i mattoni anneriti dall'acqua e dal morso del muschio. Pioveva poco a Mautàna, il cielo era secco come i carciofi dopo la gelata e l'acqua si sciupava solo nei visceri grandi della terra, dove l'inutile rumore del mondo diventava languore. Dell'acqua s'avvertiva solo un singhiozzo rauco come di vento tramontano tra i pistacchi della Chiudìa.

La notte era finita dietro a una falange di stelle e, del folle transitare del vento, non restavano che rami di pistacchi e tralci di vite, qua e là.

«Il vento è come una ramazza... si sa... anche il mare quand'è tempesta si netta delle cose inutili... se i rami cadono è perché erano secchi malati e il vento li tira giù senza fatica come quando ai bambini cadono i denti da latte da soli... basta una mollica... ché i nuovi sono pronti e cacciano i vecchi» dicevano i braccianti che non s'erano accorti della tempesta durante la notte. «Vi ricordate al tempo della spagnola ci morirono quelli deboli... e si staccavano dalla vita proprio come i rami vecchi del pistacchio... noialtri ch'avevamo muscoli e petto qua siamo... muore chi deve... chi la natura non lo vuole più la spagnola pulizia ha fatto proprio come il vento di ponente che ci risparmia l'accetta...»

Nel cielo fané branchi di nuvole annaspavano in liquidi solchi come tralci recisi di vigna.

Janìa era già fuori sulle basole sgrete del cortile. Sul suo inguine nudo rosso succo di melagrana e una nube nera di mosconi e l'onda tacita del seme che colava per il pendio della coscia e ammansiva il giovane pelo rubino. Attorno, brune ragazze, senza darsene pensiero, sgranavano girasoli nella secchia di rame.

"Gemma ignuda il boccio dell'inguine
al palmo de la giovane mano"

Da Terranova il rintocco della campana del Carmelo sgranava l'aria *lippùsa* di giugno e, tra squarci viola di cielo, arrivava insino a Mautàna.

Qualcuno gettò su Janìa una secchia d'acqua di pozzo perché i mosconi, delusi del pasto della melagrana, ne assediavano gli occhi, gli umidi sentieri delle narici, le fenditure delle labbra, secche di sole, i rivi fruttuosi delle vene.

E lui rimase immobile mentre l'acqua del pozzo ne chiariva le carni, ne fugava gli umori dal sesso pieno e lo sciame nero di mosconi dall'avido pasto di carne e umori.

«L'acqua è sacra... poca poca... giusto a cacciargli i mosconi che glielo mangiano... il coso sennò... con la scusa che il seme è dolce... dolce come il miele nel latte di capra... ma l'acqua è sacra... poca poca... che non si può sprecarla... e poi lui tutto il giorno così va avanti... il pozzo intero ci vorrebbe a quanto ne manda e giallo come la semola... nemmeno i cavalli ne fanno tanto... al tempo del calore... basta... basta... gli uomini si lamentano... sennò...»

Per qualche attimo i suoi ricci grevi s'allungarono su gli occhi, ma l'aria di giugno li crespò l'arrunchiò d'un subito come onda ionica al soffio del Maestrale.

"Viandante che passi
compagine d'ossa:
è pronto per te un banchetto di vermi"

Come il corso d'un fiume che precipita a valle, come serpe che, grasso d'un pasto d'uccelli, esce all'aperto sul muro e il respiro gli gonfia le squame, tale nel pallore della coscia, pulsava, in una piena di sangue, la vena di Stinca. Quella vena blu, che aveva il battito d'un cuore, si partiva dall'inguine, da una sorgiva di carne leggiera e pelo chiaro. Chiaro come il collo dell'immacolata nella tela della Matrice.

Stava immobile Stinca con la gamba sinistra piegata al

ginocchio e appoggiata a un tronco d'albero e la nuca fiera immacolata sotto il rosso dei capelli.

Nell'aria s'udiva il rintocco della campana del Carmelo, in Terranova, pure se giungeva attutito da grumi di nuvole basse, da fasci cresposi di rami, dai dorsi gibbosi dei colli.

L'aria era secca senza fiato di vento nella collina di Mautàna e l'eco della campana del Carmelo vi moriva imprigionato come moscone in una tela di ragno.

Stinca, il viso fiero di cavalla che ignora la sella, lo sentiva quel rintocco nell'aria, rauco come il ronzio di cimici e mosconi su l'inguine arso di suo figlio Janìa, accosto al pozzo.

Non poteva cacciarlo il rintocco con l'acqua dentro la secchia di rame, come quando cacciava i mosconi dal figlio.

Era un battito lungo, e sebbene mostrasse di non darvi peso, mentre annodava i capelli con un pezzo di spago, comunque le campane delle chiese proprio non le tollerava.

Nemmeno quella della cappelletta di Mautàna quand'era bambina, pure se aveva un rintocco sordo minimo, pure se la suonavano solo per l'arrivo dei predicatori, cioè due volte all'anno, Pasqua e Natale.

Pure se ci trovava sull'altare il calice con le ostie e ne rubava tante, consacrate e non, poi le scioglieva sulla lingua, rossa come la polpa dei gelsi, tra le spume bianche della saliva.

C'era stata alle funzioni nella cappella dei Verderame, a Mautàna, a rubarne le ostie dell'Eucarestia dal calice d'oro. C'era stata assieme alle contadine del feudo, con la pancia piena di figli e la testa di pidocchi, che la notte s'allentavano il reggipetto di percallo della dote e amen. E avevano il cervello lento ché il sole lo vorava il cervello tra i pistacchi della mezzacosta nell'agro di Terranova.

La coscia impaziente al sole di giugno, la vena blu come il mare che le cavalcava l'inguine, Stinca le ricordava a fuoco le tonache nere dei predicatori di città che, corti i fiati di sudori, arrancavano, con i piedi sudati nel sandalo nero, su per la collina insino alla masseria per la Passione del Venerdì Santo o il Corpus Domini.

S'animava la masseria quando arrivavano i predicatori di città. Era un evento di quelli che rendevano la vita di Mautàna non propriamente simile a una zucca d'inverno.

Portavano la parola di Dio e con la confessione nettavano l'anima, sì che, a vesperi, dopo la minestra di cavoli, lasciati a casa bestemmie e panni sporchi di campagna, con l'orecchio stordito di vento e l'occhio liquido di sonno, i braccianti della masseria andavano alla cappella e s'incantavano della bella favella dei predicatori, delle parabole del Vangelo non meno che dei paramenti di broccato e del crocifisso d'oro sul petto.

Non ci voleva, molto – pensava Stinca – a incantare quei bestioni di Mautàna, arati di sole, dopo un giorno di buoi e di falce e di semina.

S'addormentavano, dopo una messe di sbadigli, sulle panche di castagno, con gli occhi lagrimosi per l'incenso e i ceri, mentre il predicatore di città, con la parola fina di grammatica e seminario, gridava di profeti e guarigioni e miracoli e santi del Paradiso e farisei e parabole.

Gridava, come un mercante che vanta in piazza i suoi stracci e li finge seta fina d'Oriente, il canonico, venuto da Salemi, con i visceri soddisfatti di trippa e di sugo, mentre il tramonto sfiniva e cedeva alle ombre della notte.

Predicava dal Vangelo di Luca, nella settimana di passione, con la voce tarchiata, lo sguardo da bottegaio e le mani grosse coi diti di porco, tra sudore di piedi, sospirosi rutti di minestra e fiati pesanti di sonno.

I braccianti se ne stavano, l'uno stretto all'altro, sulle

panche di castagno innanzi al Crocifisso di gesso che, con un pezzo di naso in meno – gli era caduto per via dell'umidità – pendeva dal muro muffito col suo serto di spine. Non era fede. Era solo sonno torpore che li coglieva, faina in agguato, senza scampo dopo il fiero cimento della minestra e del sugo di porco.

«E Gesù: perciò vi dico chi non è con me è contro di me. Chi non raccoglie con me disperde. Ogni peccato e bestemmia sarà perdonato agli uomini. La bestemmia contro lo Spirito Santo non sarà perdonata.»

Ai braccianti non gliene fregava proprio della predica e dei Vangeli, ma poi ch'era il prezzo indispensabile per nettarsi l'anima – ci tenevano a morire senza peccato e presentarsi in Paradiso al Padreterno con le unghie pulite – stavano a rompersi le natiche sulle panche dure di castagno. Per lo più del tempo della predica dormivano, e si svegliavano giusto per la comunione.

Fu al secondo giorno dal suo arrivo, durante la settimana della Passione, che Stinca lo notò il canonico di Bagherìa. Era grasso, aveva un occhio che sparava in fuori, grande umidiccio con poche ciglia e la palpebra inferiore rivoltata. Con quell'occhio che pure non era in asse il canonico le guardava le cosce tonde che il vestito copriva appena.

Stinca aveva dieci anni e ne era certa che il canonico con l'occhio sudicio la guardava in modo strano, e si faceva tutto rosso nel faccione grande tondo con delle cicatrici come d'ascesso o di vaiolo.

Così, forse in principio per vedere se il vecchio seguitava o forse perché a Mautàna non succedeva mai niente, e la sconcia curiosità del canonico era comunque una novità, cominciò a schiuderle, le cosce, pian piano, con maestria – mille volte pareva l'avesse fatto mentre era solo la prima – in prima fila davanti all'altare, assicurandosi che ciuffi di pelo rosso venissero fuori, con quel si vede e non si vede, dalla radura dell'inguine. Ciuffi che lei ripassava con la sugna di porco per renderli più scuri e lucenti, e vedere poi che succedeva con la curiosità maligna più dei bambini che dei furfanti.

Stinca, anche se aveva solo dieci anni, lo aveva già un seno da grande, e un corpo da grande, a differenza di Semenza ch'era rimasta minuta come la madre.

Poi finita la funzione, con la scusa delle ostie, si presentò al canonico che non se lo fece dire due volte, e grasso com'era ancora coi paramenti addosso prese a rovistarle il candido fiore dei seni, l'acerba corolla dell'inguine vergine.

«Canonico dov'è lo Spirito Santo?» gli chiedeva Stinca già a terra dietro l'altare. «Canonico dov'è lo Spirito Santo? Qua è... o.... qua forse qua...?» e indicava con l'indice della mano i capezzoli duri come olive o la tenera sorgente del pube.

Non c'era risposta se non che umori fetidi di trippa colavano dalla lingua del canonico sul bruno addome di Stinca nel gorgo veloce del ventre. La mano del canonico mentre abbrancava il suo inguine piccolo, tenero come coscia d'agnello, tale rapace quale la mano di chi rubava le uova dai nidi delle passere, all'Accia.

Poi le chiariva, con la furia impaziente delle dita, che lo Spirito Santo era lì, proprio dove indicava lei. Soltanto lì. In quell'inguine piccolo, umido, rosso di pelo.

«Qua è... qua è... ma tu Stinca... assassina sei... e... briganta... del Diavolo sei... e buttàna mentre che ancora il naso ti cola... e ci sai fare coi masculi tu... dote di natura... dote di natura *picciridda*...»

Infine Stinca baciava il Cristo d'oro sul petto sudato del canonico e s'arrampicava, col fazzoletto pieno d'ostie benedette, e il ventre pieno degli umori del canonico al Pianoro delle Stelle, nella notte muta di Mautàna.

Quanto al canonico restava, col fiato pesante del petto, tra sudori grandi quanto il suo ventre, come un brandello di carne ruttata in una misera macchia d'ombre sacre, la statua della Madonna e Santa Rita in gesso. Restava ai piedi dell'altare mentre una tela di ragno gli scendeva sul petto peloso giù dall'intonaco del soffitto.

"E non sa che bestemmie e menzogne" pensava Stinca dinanzi a quel cartoccio di carne sudata che placava il sentiero secco della gola, dopo l'affanno, col sangue di Cristo dentro il calice.

Lo Spirito Santo non lo vide quella notte Stinca al Pianoro delle Stelle, né mai. Invano lo cercò quella notte e le altre, ma non lo vide né i suoi miracoli, ché le pupille di Semenza, sua sorella, erano rimaste buie secche e Janìa, suo figlio, era rimasto lì al pozzo, con una scarda di cervello secco, ad ardere al sole.

Cominciò così Stinca, per curiosità o perché "ce l'aveva nel sangue d'essere buttàna" – lo dicevano tutti alla masseria – ad avvicinare i predicatori di città. Curiosa delle tonache nere e del Crocifisso d'oro che portavano sul petto, come quando all'Ogliastro rovistava nidi di passera e ne schiacciava le uova nel pugno.

Poi ch'ebbe la certezza di quello che in effetti erano i santi predicatori di città – eppure a Mautàna li ascoltavano a bocca aperta li riverivano ne saziavano il ventre di tordi e capretti – Stinca provò un tale sconcerto, che ancora, dopo trent'anni o più, il rintocco della campana del Carmine le entrava nel petto, le squarciava i timpani come i diti, grossi e sudati del canonico, le avevano squarciato, da bambina, l'inguine intatto, i seni duri come nespole sul ramo.

Nel piccolo vano, più un passaggio, dietro l'acquasantiera in alabastro c'era stata Stinca, da quella prima volta, con tutti i predicatori di città che, di anno in anno, arrancavano alla masseria, soprattutto – s'era sparsa voce – per quella creatura che ne sapeva più del diavolo, più d'una femmina di vita. Ormai le sante funzioni della Pasqua o del Corpus Domini erano solo un pretesto per andarci a Mautàna.

Indemoniata era Stinca – ci giuravano i predicatori di città – più delle malefemmine di cantunèra, le buttàne di città, come Rocca del Tindaro e Midulla La Greca che, i seni in vedetta, abbrancavano clienti nella Strada del Giglio in Palermo già dal *Tedeum*.

C'era stata Stinca anche con giovani preti freschi di seminario e orazioni e divozione. Goffi sudati, gli occhi al messale, sotto la tonaca nera, che ne copriva appena in tempo il gonfio desiderio del sesso.

Le piaceva tentarli sedurli – un gioco? una sfida? – soprattutto se in apparenza erano devoti e sinceri. E infine provare ch'erano tutti uguali, farabutti e porci.

Stinca quando arrivava un predicatore giovane, ingenuo – lo capiva da come teneva bassi gli occhi – ne vinceva piano piano la resistenza, l'ubbidienza al voto di castità, e, poi che le sue carni erano fresche – come carne di capretto appena macellata – e vicine, mentre l'Inferno era caldo e lontano, essi cedevano a Stinca quali pannocchie ai mietitori.

Stinca a morsi, tra la furia del pelo, ne sbranava il pudore e ne succhiava lo sciroppo del vergine fiore dell'inguine con labbra di cagna.

Ci girava attorno, paziente come un rapace, e aspettava il momento buono, certa che prima o poi sarebbe arrivato.

Lei no, non ci cascava lei coi predicatori, a lei non la davano a bere come a quelli di Mautàna... no lei no!... era d'un'altra razza lei... non per niente la chiamavano diàvula...

"È leggiero il suo dente.
Dente di lupo che azzanna
la foglia alata del giorno"

Penzolava al carrubo la tonaca nera e n'allungava le gambe già lunghe nell'incerta clarìa del mattino. Era dell'Ordine dei Cappuccini, poco più che un ragazzo. S'era impiccato e ai rami del carrubo aveva appeso il suo collo e il suo peccato.

Alla masseria c'era arrivato per il Corpus Domini su per la collina accosto ai solchi fruttuosi di grano. Teneva la fronte bassa, aveva la pelle degli adolescenti di carnagione chiara, senza pelo, gli occhi celesti e ridenti come certe mattine di sole. Mangiava poco, qualche uovo e una fetta di formaggio e, quando la vedeva spiarlo dalla sagrestia, accennava un sorriso grande e si vedeva che i denti davanti avevano una piccola fessura, uno spiffero grande quanto un filo d'erba.

Stinca per tutta risposta gli s'era gettata sopra come un lupo si getta sull'agnella che ha smarrito il gregge.

«Ci sta... certo che ci sta... come gli altri ci sta... porco come gli altri pur se ha occhi d'agnello... e le labbra in preghiera e l'occhio divoto alla Croce... sotto la tonaca come gli altri è fatto... di carne... e viene qui a fare il santo... le mani giunte... la croce sul petto...»

Più il giovane predicatore pareva serio e pregava e curava i cristiani di Mautàna, più Stinca procurava d'avvicinarlo, e tentarlo e metterlo in croce, a suo modo, s'intende.

Voleva averlo a tutti i costi, ne voleva provare il fermento del sesso intatto, che solo nel pallido lino del letto, di notte e involontariamente, si abbandonava a schizzi improvvisi, trasparenti come rugiada.

Lo trovarono al carrubo, di mattina presto, con la

corda al collo di seta, gli occhi immoti al cielo tra confuso sciame d'api.

Pendeva dal carrubo il predicatore, quasi in pace ora che il peccato d'esserci stato con quella creatura di sedici anni, dalla bocca grande e i capelli rossi, si strozzava tra i lacci attorno al suo collo.

Stinca lo guardò appeso al carrubo. Pareva più lungo di quanto non fosse, poi ricordò che anche la Rupe guardata dal basso pareva toccare il cielo, ma non era così. Era invece che tutte le cose, se solo si guardano da terra, s'allungano a dismisura, ma è falso, è solo un gioco dell'occhio, si diceva.

A lungo ci stette ai piedi dell'albero, mentre nell'aria si sentivano le campane dell'Angelo da San Giovanni Battista delle Monache. A lungo con gli occhi grandi spalancati come mai.

Guardava quel collo bluastro per il cappio della corda, quei piedi che le parevano piccoli infinitamente piccoli, più dei suoi che pure era femmina. Solo al carrubo, per la prima volta, s'accorgeva di quanto fossero piccoli quei piedi.

Non sapeva perché, non allora almeno, ma certo sentiva il bisogno di fissare ogni particolare, di indugiare con una lentezza che non era da lei. Così s'accorse che proprio sotto l'orecchio aveva una voglia di fragola, e che il collo era lungo e il pomo d'adamo pronunciato, a punta.

Non le importava che tutt'intorno a lei crescesse il rumore delle voci «Buttàna... assassina... lei ce l'ha messo sul carrubo... è un demonio... non si timora di nessuno quella svergognata... neanche d'un ministro di Dio... roba da bruciarla se n'avessimo il coraggio... all'Inferno sicuro che ci va all'Inferno... sicuro... era una creatura il predicatore... e buono e santo e pio... chi ce la porta la notizia alla madre?... e tutto per una buttàna svergognata... roba da bruciarla.»

Stinca le sentiva le contadine della masseria, che la guardavano con occhi di fuoco, che la chiamavano buttàna assassina eppure, gli occhi al carrubo, stava immobile.

«Svergognata... pure lo guarda... una quaglia ha preso con la rete e se la guarda... al carrubo si dovrebbe appendere ai lacci come il predicatore... con gli occhi di fuori e la bava sul petto... e la carne viola... viola... viola come la Morte...»

Ma al carrubo non ce l'appendevano Stinca – e lei lo sapeva – ché non ce l'avevano il coraggio le contadine con la pancia scucita e l'utero allentato.

Così Stinca se ne stava immobile al carrubo con gli occhi al predicatore del Corpus Domini. Alla corda c'era pure, impiccato, l'artiglio rapace di Stinca, che s'era avventato sulla tonaca nera come fosse una quaglia, il suo veleno tacito come il serpe che scivola tra il fitto dell'erba.

Negli occhi socchiusi del predicatore, fresco di seminario, era scritta l'inutile corsa del capriolo che l'aquila azzanna.

"Tenero agnello la scure assanguina
al soffio d'empio libeccio"

Si sperdeva nell'aria pesante di giugno la campana del Carmine, lenta sempre più, tra il morso leggiero delle nebbie di Maccalùbba.

Pur se dalla morte del predicatore, appeso ai lacci, erano passati più di trent'anni – anni lunghi come le *malannate*, lunghi come l'eco della risacca – il rintocco della campana del Carmelo o di San Giovanni Battista o delle Chiarine non lo pativa Stinca. E il suo passo si faceva più lesto e i pendenti di granato furiosi sul collo.

«Stinca, creatura del Demonio... seme del male... sciame d'api impazzite, invoca l'agnello di Dio che toglie i peccati del mondo... invoca la sua misericordia... Ci morirai buttàna... sul muro del male che pullula vermi. Si tingerà di lutto la veste di tua madre che ti partorì tra il sangue del ventre. Grida dal cielo l'agnello di Dio che toglie i peccati del mondo.»

Così aveva detto l'arciprete della Matrice quand'era andato a comporre nella bara il corpo del giovane predicatore, con le mani incrociate sul petto e il Rosario tra le dita. Di pentirsi le ordinava con la voce minacciosa, e tanti sputi aqquagliati agli angoli della bocca.

Ma lei non aveva obbedito, né s'era pentita. Di che poi?

Gli anni erano passati, tanti proprio tanti, uno nuovo ne nasceva uno vecchio ne moriva, proprio come succedeva coi capretti. Eppure tanti uomini erano passati per il suo ventre rissoso, pur se l'arciprete le aveva ordinato di pentirsi, pure se sua madre – una donnetta, una stupida col fazzoletto sempre agli occhi e il naso pieno – era morta di vergogna e crepacuore.

Era ormai l'estate del '21. Era morto il predicatore, era morta pure sua madre e quel bastardo d'arciprete che le ordinava il pentimento come Semenza ordinava il decotto di pala di ficodindia per il mal di reni. La sua gatta con l'unghia l'aveva azzannato nella vena del collo e non era bastato il grasso a salvarlo ché il sangue sgricciava dalla vena come acqua all'abbeveratoio.

Ora, nel '21 e già da parecchi anni, pur se il tempo a Terranova passava lento come il caffè d'orzo nel colino, arciprete era Lupo, il figlio di Mariannina, arciprete e bastardo di don Giachino Verderame.

Lo sapevano tutti nell'agro di Terranova che il santuomo, don Lupo, era il bastardo di don Giachino Verderame e di Mariannina, la serva di Palazzo Rosso, accosto alla Matrice di Terranova.

Il rancore di Lupo per don Giachino era affilato come una punta d'erpice e aggramignava nel suo petto e ne mangiava la carne, anche quella sul viso, magro consunto, e ingrossava come fiume che, per la piena delle acque, trabocca e inonda i campi all'intorno. Una fitta antica quale il cigolio di cardini ne' vecchi granai, dove il grano s'ammassa accanto alla lama dei forconi.

Stinca, che pure non si timorava di nessuno, lo sentiva subito nelle carni un brivido, un non so che di paura per quel prete dall'occhio affilato come la lama d'una falce.

Lupo – il bastardo di don Giachino lo chiamavano a Terranova; Tano soltanto ne era il figlio legittimo – quelle due e tre volte in tutto che s'erano visti in paese, le piantava gli occhi addosso con una tale carica di risentimento che lei le temeva quelle pupille scure *sguattighiùse*.

Probabilmente – si diceva Stinca – per via della storia con Tano che durava da trent'anni.

Di Tano Verderame infatti era figlio Janìa anche se non ne avevano mai parlato chiaramente. Certo era per questo che il bastardo la guardava quasi con odio. Ma infine non erano mica fratelli veri Lupo e Tano. Sì, nati dallo stesso padre don Giachino, il padrone di Mautàna. Ma Lupo, bastardo, Tano legittimo col cognome del padre per l'appunto.

La storia di Stinca con Tano andava avanti da sempre, se di storia si poteva parlare. Durava da trent'anni ma in modo strano, si prendevano, s'azzuffavano. Lui nel tempo s'era sposato con una di buona famiglia, anche se il matrimonio l'aveva combinato don Giachino per avere almeno un nipote.

Anche lei, Stinca, nei trent'anni di lascia e prendi con

Tano ne aveva avuti tanti uomini, braccianti potatori, paesani e forestieri, ma Tano nella sua vita era una specie di tela di ragno. Con un colpo di ramazza di quando in quando la distruggeva, e per un po' il muro restava libero, poi giorno dopo giorno la tela si rifaceva, veloce grande più forte di prima, e pigliava tutto il muro e la stanza, prima che se n'accorgesse.

Di Tano non s'era liberata mai. Forse non lo voleva. Né Tano s'era liberato di lei quantunque a tutti lo giurava che un giorno o l'altro l'avrebbe ammazzata quella buttàna.

Lupo era arciprete perché così don Giachino Verderame aveva voluto. Don Giachino che l'aveva seminato nel ventre minuto e servo di Mariannina e gli pagava gli studi da prete.

«Sì don Giachino... sissignore don Giachino... come dite voi... sissignore... sì sì...»

Lupo a dire sempre di sì, mentre don Giachino stabiliva decideva ogni cosa riguardo alla sua vita pure se non gli spettava, pure se non ne aveva diritto alcuno, assicurandosi la soggezione di Lupo che già da ragazzo l'aveva imparato «Sissignore don Giachino... sì... non ci pensate don Giachino... non vi deludo... don Giachino... fate voi... sicuro...»

E don Giachino, che non se lo faceva dire due volte, aveva fatto tutto, secondo come lui voleva. Prima il seminario per Lupo, il figlio di Mariannina – così lo chiamava don Giachino. E in ultimo Vescovo lo voleva, Vescovo di Piazza Armerina.

«Mi raccomando Lupo... Vescovo... Vescovo di Piazza Armerina... è la curia più ricca e femmine toste delle masserie con le natiche dolci come i meloni della Piana... e il pelo bruno... quante ne vuoi... intesi? ... intesi Lupo...?»

«Sì don Giachino... sì... sissignore... come volete... sì»

rispondeva Lupo, pur se ci moriva in seminario, pure se nudo si stendeva sui mattoni gelati che trasudavano umido con la speranza di morirci di polmonite come c'era morto il biondino di Ribera, in tre giorni, con un rutto di sangue, e senza dolore. E infine si rassegnava a don Giachino, ché don Giachino gli pagava gli studi e il corredo ed era il suo benefattore – così gli diceva il Rettore del seminario – e lui rispetto gli doveva e obbedienza.

Pari all'obbedienza per don Giachino, via via che Lupo intuiva la verità su di lui, gli era cresciuto nel petto un astio caldo come le patate sotto la cenere calda che le cuoce piano piano.

Non era solo astio, era una cosa complicata la faccenda dei sentimenti di Lupo che s'avviluppavano come quando nell'intrico, pur involontario, delle matassine di filo da ricamo, si rende impossibile e vano ogni tentativo di venirne a capo. Pur se se ne segue la traccia dei colori. Ma anche seguendo il colore d'ogni singolo filo s'arriva a un punto in cui il viluppo è diventato nodo, e non c'è più niente da fare se non tagliarlo con le forbici.

Proprio così era per Lupo. Lui stesso non ne veniva a capo, anche dopo che il vecchio era morto, anche se lui a cinquant'anni, ormai arciprete di Terranova, ci pensava ancora a don Giachino, ed ogni proposito in senso contrario s'era rivelato inutile.

Era per Lupo come avere le febbri di Malta, quelle che si prendono col latte. Per un po' scompaiono, talora per tempi così lunghi che chi ne soffre se ne pensa libero, e invece basta poi il colorito giallo e un torpore nelle ossa perché si dica "ci risiamo".

Di don Giachino Lupo non s'era liberato mai. Il potente don Giachino, con la cipolla d'oro in fuga dal panciotto, che tutti stupiva di quel figlio bastardo con una affezione maligna, quale la malaria che scuoce i visceri, e premure e comandi e danari e vassoi di pastarelle alla ricotta.

«Lupo... Vescovo ti voglio. Vescovo di Piazza Armerina... la curia più ricca... Vigne... ovili frantoi... armenti noccioli e insino una *pirrèra* alle Teste di Mustolìto. E la stola e la mitra e paramenti d'oro e danari e femmine co' la carne fresca quante ne vorrai nelle masserie» gli diceva don Giachino nel viale sfiorito e cupo del seminario ogni volta che l'accompagnava.

«Sì don Giachino ve lo giuro sissignore... ve lo giuro...» assicurava Lupo, timoroso a fronte di don Giachino solenne nel panciotto di raso e la cipolla d'oro grande quanto una mano.

«Ci devi restare al collegio Lupo... Prete ti devi fare e poi Vescovo di Piazza Armerina... Vescovo di Piazza Armerina... Vescovo... Tu... il figlio di Mariannina, la serva di Palazzo Rosso... Vescovo... ci pensi?» mentre la mano grande di don Giachino spariva tra ombre d'acacie calve aride come la sua divozione.

«Sì don Giachino sì... sissignore» mentre la figura possente di don Giachino, col pastrano di lana buona sottobraccio, il passo spacchiùso varcava il cancello di ferro e Lupo varcava il suo cancello di dolore e il suo cuore si faceva stigghiola d'agnello a terra sulla ghiaia del viale e ingoiava l'amara spiga del pianto.

«Sì don Giachino sì... sissignore... sissignore» mentre nuvole grandi accendevano ceri nel cielo e vene di pietra e d'erba ingoiavano le sue lagrime calde col sapore della sarda salata.

C'era rimasto Lupo in seminario perché doveva imparare d'esser prete e poi Vescovo di Piazza Armerina nei brevi tramonti soffiati dal vento e da un sibilo lungo di labbra in preghiera. Aveva ubbidito al Padre Ministro e al Padre Rettore che aveva il fiato di capra morta, aveva imparato le orazioni dei morti e le dottrine dei Padri e il latino e il martirio dei primi Cristiani.

C'era rimasto tra le muffe della Chiesa a ruttare preghiere – brandelli di fede – che aveva o non aveva, chissà, tra le crepe del cuore.

C'era rimasto a sentirla tutta quanta la nausea del mondo, a inseguire sul muro le ore del giorno, lente come vermi tra l'erba bagnata, a imbandire festini d'angoscia.

"Si nutre di roccia il gigante caduto
e respira col vento percosso dall'eco"

Dentro il Demonio dai tempi del seminario quando s'adattava a dire «sì sì sissignore» a don Giachino e invece volea dire «Chi siete voi don Giachino? perché mi fate il corredo nuovo? perché mi pagate la retta?... perché devo studiare da prete?... e i miei fratelli nelle vigne di Castelluccio?... e la tonaca di panno buono?... ora... glielo chiedo... no meglio... la prossima volta che viene glielo chiedo... a Natale glielo chiedo... certo a Natale... sì che glielo chiedo... che mi può fare? mi grida? mi guarda storto? che mi può fare?... glielo chiedo... sicuro che glielo chiedo...»

Sempre aveva pensato di chiederle, queste cose ed altre, e sempre aveva rimandato. Quando poi se lo trovava davanti, un vero gigante, le basette da malandrino, gli stivali lucidi di grasso, la voce gli moriva sulle labbra, e non c'era verso.

Così, anno dopo anno, in seminario aveva finito il ginnasio, poi il liceo e, infine, diceva messa a Terranova.

In seminario aveva smesso anche di contarli i giorni che mancavano a Natale e a Pasqua, perché il rientro a Terranova, negli anni, era sempre più duro e triste, fino a che non ci tornò più se non da prete.

Lo guardavano strano se passava in piazza con don Giachino e dicevano senza cura alcuna di lui «Com'è cresciuto... don Giachino... e quant'è serio... come sta bene con la tonaca nera... un vero prete ed è ancora un seminarista...»

E don Giachino che si compiaceva, abbottato nel panciotto: «Hai visto Lupo quanti complimenti... e come ti sta bene la tonaca... chi lo doveva dire che tu il figlio di Mariannina... bravo... bravo continua così... li vedi i tuoi fratelli nella vigna sudati come porci? tu asciutto e profumato... solo studiare devi... e... ti... deve piacere la tonaca... intesi?!»

E Lupo incancreniva, e indugiava a chiedere la verità

ora a Natale... sicuro... la prossima volta. Poi, a fronte di don Giachino, lo perdeva il coraggio ma il rancore gli cresceva nelle viscere come il liquido della cirrosi, quando diceva messa e quando confessava e quando beveva dal calice d'oro il sangue di Cristo, e l'anima gli mangiava, a morsi, come i contadini i fichi su l'albero.

"Ebbra baccante cinta d'edera
sacrifica il figlio al padrone Dioniso"

Lupo, dai modi gentili, che sapeva di latino e di Vangeli, cresciuto a dire di sì non c'era riuscito con don Giachino che pure non sapeva di latino e di poeti, e la rabbia lo divorava siccome l'edera rampicante divora il rosso mattone dei muri.

Lui, che aveva vinto insino la sua balbuzie, era stato pavido a fronte di don Giachino. Pavido e muto. Le labbra gli si cucivano ogni volta e la saliva minacciava d'affogarlo per l'affanno del petto.

«No non mi ci voglio prete» avrebbe dovuto dirgli «non li voglio i vostri corredi... la tonaca l'orticaria mi fa... il seminario è buio... puzza di capra morta il fiato del Padre Rettore... mandateci vostro figlio Tano a farsi Vescovo... io voglio stare al Pontile e sentirlo il mare... e vedere i fuochi della Festa... e le pupe di zucchero la domenica in piazza e i ginocchi nudi che il mare me li bagna.»

Mentre aveva detto solo «sì» sempre «sì» e ora, pur s'era arciprete e aveva cinquant'anni e il vecchio se lo mangiavano i vermi al Camposanto, ancora si stremava nella magrezza dei lineamenti, ancora non li pativa i comandi di don Giachino, ancora non se la perdonava la muta ubbidienza di mulo.

Come gramigna sul maggese lo braccava il rancore

covato da sempre tra la calura del petto e, pure se da prete di Terranova predicava il perdono, era incapace lui per primo di perdonare la maligna affezione di don Giachino che gli affettava le carni come soppressata.

E lui di notte ci pensava in seminario, facendo finta di dormire sotto la trapunta, mentre uno della camerata, a piedi nudi sui lastroni di marmo, infilava la porta della dispensa a rubarvi un pezzo di lardo, di quello rancido che lasciavano ai gatti nella ciotola di zinco, ché il resto era sotto chiave.

«La pancia piena fa venire brutte idee... a pancia vuota si prega con più divozione... la sera si mangia poco se si vuole dormire bene...»

Così diceva il Padre Ministro nel refettorio, la sera, mentre nella scodella qualche foglia di lattuga annegava in un brodo lattiginoso, che non sapeva d'olio di frantoio, e davanti alla scodella c'era l'uovo duro, che non sapeva di gallina, stremenzito come quello de' piccioni. Eppure si sperava sempre che, dentro quel guscio misero, ci fossero due rossi.

«Nella botte piccola c'è il vino buono... nella botte piccola... non lo scordate...» assicurava il frate cuciniere, ma l'uovo, sì e no, un rosso solo nascondeva, perché anche le galline le tenevano di magro.

"Il pasto fu insipido e tristo...
invidio d'Atreo l'allegro banchetto"

Lupo – il battesimo era alla fine – pose la stola violigna sulle braccia del chierichetto che gli allungò i paramenti bianchi, attento a non sfiorarne la pelle. La sapeva fredda squamata la pelle dell'arciprete, come avesse la morte addosso.

La donna che gli stava davanti aveva una pancia grande, mostruosa, anzi pareva che, eccezion fatta per la testa, null'altro avesse che pancia pancia pancia e ancora pancia.

Era di certo incinta. Di figli a Terranova ne facevano uno appresso all'altro come i grani del Rosario.

Se qualcuna ci passava due anni tra un figlio e l'altro era perché allattava, ma beninteso, non tutte avevano questa fortuna.

Il suo ventre era tondo, com'è naturale per le femmine gravide, ma imperfetto. Poi la donna era nera, saracina, la schiena scavata, tutta pancia, e puzzava d'aglio fritto e broccoli pure se la veste per il battesimo del figlio era quella della festa, ma le saliva sui fianchi, ingrassati per la gravidanza.

Tale e quale dovea essere Mariannina, la serva di Palazzo Rosso, sua madre, quando don Giachino la riempiva del suo seme, tanto com'è il seme dei padroni che non faticano nei campi. La riempiva come una mula, sulla stuoia di capra, tra rutti di vino d'annata. E poi se ne scordava don Giachino, se ne scordava che c'era stato con Mariannina sulla stuoia di capra.

Lupo solo su letti col baldacchino di seta era stato, e solo con signore, e non – come voleva don Giachino – su giacigli di paglia con le femmine delle masserie, sudate di mestieri.

C'era stato con le signore ricche, di gran casato, di Terranova e Campobello e Girgenti. Solo insino a che lui, don Giachino, era vivo.

Poi, morto il vecchio, mai più con nessuna, con nessuna era stato.

Ma quando don Giachino era vivo e trascorreva, *spacchiùso*, la piazza con la cipolla in fuga dal taschino e andava alla messa di mezzogiorno per la comunione – l'occhio a Lupo come a dire «femmine delle masserie»

– allora sì che c'era stato con le femmine de' signori e c'era riuscito, almeno in quello, a dire di «no» a don Giachino che lo voleva a mischiare sudori nelle stalle con le femmine delle masserie da i fianchi grandi e il pelo nero, il nero delle seppie, come assicurava il vecchio.

Il ventre che gli stava davanti era gravido, grande, pauroso. Una caverna di grasse budella mosse di nuovo seme di vita.

Lo guardò Lupo quel ventre pieno, costipato di carni come budello di maiale per le salsicce della festa per la Madonna della Speranza a Terranova.

N'ebbe tale un disgusto che acidi umori gli riempirono la bocca. A stento li trattenne, come in seminario quando tratteneva il vomito davanti al Padre Rettore col fiato grosso che puzzava di capra morta.

La donna incinta respirava col fiato grosso. I ceri le intasavano il petto e la facevano starnutire. I piedi poi le sudavano dentro le calze.

Chissà, forse perché era bruna minuta saracina nel crespo dei ricci, quella donna di cui Lupo battezzava il terzo figlio in giugno – il quarto, pronto nella pancia, non più tardi di Natale – ricordava a Lupo la madre. Per così dire madre, nel senso che Lupo non la riconosceva come madre, pure se Mariannina, quando Lupo tornava dal seminario, per le vacanze, si faceva in quattro a cambiargli la biancheria, a farlo dormire da solo nel letto.

Paradossalmente Lupo più sentiva padre don Giachino che madre Mariannina, ma si sa che i sentimenti sono imprevedibili come i ciliegi. Fioriscono, anche se nevica, di notte. E non si danno peso d'aspettarla la primavera.

Lupo pensava a Mariannina che certo s'era sottomessa a don Giachino pensando ch'era giusto, che coi padroni non si discute mai – e che mai altro poteva fare? non aveva fatto così sua madre? e la madre di sua madre?

che pure erano state brave e timorate di Dio. Ed erano morte col conforto dei sacramenti.

E certo Mariannina non aveva fatto storie quando don Giachino Verderame le succhiava il collo o i seni stremenziti, ppirrugnàti nelle coppe grandi del reggipetto, che le dava la moglie di don Giachino quando ne comprava di nuovi e con le coppe grandi. Le sue mammelle erano lunghe come melanzane turche.

Il petto di Mariannina era piccolo di natura, invece, e molle, come la neonata di sarda che sfugge al cucchiaio e s'allippa ai fianchi del tegame di coccio.

Anche l'inguine di Mariannina doveva essere stato di natura piccolo – tutta piccola del resto lei era – una minuta sorgiva, poi, dopo i bisogni di don Giachino, conca capace del toro.

In fine – ormai la sua storia Lupo la sapeva da anni, come tutti a Terranova – Mariannina s'era sgravata e don Giachino a tutti l'aveva detto «Ha fatto un maschio Mariannina... un maschio... in un minuto... come le cicale... un minuto... e poi allo *stricatùri* a lavarsi i panni lordi di sangue... senza la mammana da sola... vi dico... è di ferro Mariannina... il Santino di Santa Rita e poi tutto lei ha fatto tutto... vi dico...»

Poi don Giachino s'era affezionato al figlio di Mariannina. «È svelto Lupo... Mariannina... lo dobbiamo fare studiare... questo tuo figlio... magari da prete in seminario... e poi Vescovo magari... chissà... Vescovo di Piazza Armerina... sai se la passano bene i preti... fatica poco e tasca piena... i Vescovi poi... altro che terre e poderi... i padroni sono... ti dico... i padroni... Dio in cielo e loro in terra... e tu Lupo... che ne dici tu...?»

E lui "sissignore... sissignore" con uno sforzo enorme di fiato – balbettava a quel tempo – "sissignore" come gli aveva insegnato Mariannina, "sissignore" a don Giachino che lo voleva prete e Vescovo di Piazza Armerina e, un rutto di luce negli occhi, mentre spariva tra gli alberi calvi del viale in seminario, glielo ricordava sempre "Vescovo... Lupo... Vescovo". E lo azzannava con la sua affezione maligna come dente di lupo azzanna il timido capriuolo.

«Vescovo di Piazza Armerina... Lupo... la Curia più ricca e femmine delle masserie quante ne vuoi» gli diceva don Giachino già lontano nel viale e lui restava col vassoietto di canditi e pastarelle di ricotta e pistacchi in mano e lo vomitava in piccoli grumi il suo dolore, di giorno in giorno, di anno in anno, come il cuore di piccione vergine che la Canaria seccava per fare principiare il sangue dell'utero nelle vergini.

Lontano, tra cirri di nuvoli rossi d'un tramonto incerto si perdeva la campana delle Immacolatine.

E di notte, il passo del vento sui ciottoli del viale, coi denti la strappava la trapunta di piume.

Quando, poi, due letti in là dal suo, Napoleone, il seminarista di Montelepre, 'nquinquiàva imitando il verso della femmina del fringuello che vuole il maschio, e piano gli diceva «la facciamo la cosa questa sera... che la facciamo?...» lui, la canottiera del corredo sulle spalle, v'andava a farla la cosa e tale s'avventava sulle natiche nude e nutricate di lardo di Napoleone che il ragazzo, alto più di lui «Che sei pazzo?... mi vuoi ammazzare... ammazzare mi vuoi... dillo ammazzare mi vuoi?...»

Poi taceva, più nulla, ché gli piaceva non poco la furia del vascello di Lupo tra l'onde manse della sua carne. Infine Lupo gli dava il vassoio con le pastarelle di ricotta di don Giachino ché dopo la «cosa» Napoleone aveva sempre tanta fame e lo rassicurava promettendogli «sì... che torno... dai... sì... che torno... domani... o dopo... vedrai... dormi dormi» proprio come prometteva a lui don Giachino mentre spariva tra l'ombre scure del vespero.

Mentre ancora era al fonte del battesimo, Lupo ci pensava a Napoleone e don Giachino, pur s'erano passati gli anni, lenti come i giorni di pioggia in seminario, lenti come i tramonti sull'Accia, lenti come le campane all'Angelo dal Convento delle Chiarine.

'Nzino il sagrestano, accaldato ansimante lo gridò giungendo di corsa e all'improvviso: «È morto morto... era alla giunta municipale ed è morto.»

'Nzino ripeteva che "era morto era morto", lo ripeteva in un tale affanno di fiato che poteva essere paura o stupore, o entrambi. Poche parole accaldate sudate ma chiare in specie là dove si diceva "che era morto era morto".

Il sagrestano lo temeva l'arciprete, il suo sguardo irrequieto, la sua magrezza che ne spolpava insino l'ossa, il passo duro che schiudeva i silenzi della chiesa tra il torpore dei ceri al *Tedeum*.

Come dirlo che era morto Tano Verderame, il Sindaco di Terranova, il figlio vero di don Giachino?

Come dirlo a Lupo, arciprete di Terranova, il bastardo di don Giachino, che Tano era morto proprio morto.

Tano che veniva in chiesa al tramonto e col fiato del petto petroso come la Rocca dell'Accia chiedeva di comunicarsi con l'ostia benedetta senza confessione né penitenza né preghiera, lo stivale lordo del fango di Mautàna, il labbro gonfio di vino e bestemmia.

Veniva in chiesa e nel brumoso lagrimare dei ceri consegnava al bastardo, fratello e arciprete, peccati bava e rutto di vino.

Si chinava sulla mano che gli allungava l'ostia, Tano, come volesse azzannarla quella pelle sottile. Ma quando la mano gli era prossima alle labbra, docile, in soggezione ne accoglieva la bianca sfoglia, e usciva dalla chiesa leggiero con passo silenzioso frenato come quando, il piè nudo, s'avventurava tra le alghe al Pontile.

Lupo si girò in direzione del sagrestano, voleva capirci... Ora tutto quanto, il ventre grande e gravido della donnetta saracina, turriva innanzi a lui, sudato, sconcio, tra il riccio delle pieghe.

'Nzino, ormai che Lupo lo fissava, doveva dirlo ch'era morto Tano, Tano Verderame, il Sindaco di Terranova alla giunta municipale.

Studiò le parole, una a una, ma nessuna gli pareva buona per l'arciprete che lo guardava con l'occhio all'erta come sempre.

Poi, su due piedi, lo disse «è morto... è morto Tano Verderame è morto... vostro...» la parola "fratello" gli rimase in gola accucciata come un polipo allo scoglio.

«Era alla Giunta Municipale... ha storto la bocca... ha vomitato nero come il succo di seppia... ed è morto.»

Ora aveva detto proprio tutto 'Nzino con la verruca che gli prendeva tutto lo zigomo. Tre volte – prima la Canaria poi l'Orba – gliel'avevano seccata con budello di vipera e olio di *nòzzulu*, ma quella si rifaceva meglio di prima. Prosperava dopo la bruciatura e ormai era grande come il fiore dei broccoli di vigna, e gli zappaglioni ci lasciavano le uova tra la cacca secca.

Il silenzio nella chiesa s'animava di fiati veloci e di stupore. Anche i ceri dei candelieri si consumavano veloci proprio come veloce era stata la morte di Tano alla Giunta Municipale.

La donna incinta, pure se la cerimonia del battesimo era finita da un pezzo, accanto all'acquasantiera tirò fuori dal reggipetto, con malagrazia, una mammella, che s'era incagliata tra il torace e il gonfiore della pancia, v'accostò il bambino col puzzo d'urine addosso e prese a lamentarsi coi compari del latte che ormai scarseggiava

«Il latte si guasta quando una donna è gravida... prende l'acido il latte... i bambini lo capiscono che il latte ha fatto l'acido e lasciano la *minna* e bisogna comprare la capra per allattarli... sempre così anche con le femmine... ma questo trenta once m'ha perso in un mese perché la capra ce l'ho incinta e pure il suo latte ha fatto l'acido...»

Lupo se ne stava muto mentre la donna incinta spiegava che il suo latte aveva fatto l'acido, e pure quello della sua capra. I suoi pensieri, però, s'accendevano come lampi nelle notti di pioggia all'Accia.

Nella chiesa si consumavano i ceri quali fuochi dopo la mietitura che nettavano il campo e ci lasciavano una macchia nera irregolare come una grande cacca di bue, mentre l'aratro stordiva al sole con le sue ferraglie inerti, e la passera vi cercava invano una conca d'acqua per bere o affogarci. Anche lui l'aveva cercata, invano, una conca d'acqua per bere o affogarci.

Non gli riusciva di concentrarsi sulla morte di Tano, come sempre nelle orecchie le promesse di don Giachino – con la giacca di velluto buono vinaccia e il vassoio di pastarelle in mano nel salottino del seminario dalla tappezzeria sporca – promesse che suonavano come comandi «Lupo sarai Vescovo di Piazza Armerina e avrai poderi e pecore e... le femmine delle masserie col pelo bruno sudato tra le cosce fresche come *tumazzu*... e l'odore forte dell'inguine. Odore di capra, di mosto in calura.»

Le promesse di don Giachino, che gli negava il nome e gli treppicava il cuore quale grappoli sotto i calcagni del vignaiolo, erano dentro le sue orecchie. Giovani come allora, terribili come allora, e non c'era niente da fare, pur se il vecchio da quindici anni se lo mangiavano i vermi al Camposanto.

Tutte le aveva provate Lupo, coi semi del papavero, col miserere, ma non c'era stato niente da fare. La voce di don Giachino, le sue sconce promesse trapassavano muri, ceri, candelieri d'argento. Precipitavano dalla soffittatura di cedro, dal quadro della Vergine Immacolata, dall'acquasantiera d'alabastro e dalle canne dell'organo, una a una, in un concerto di disperazione sino all'Addolorata nella navata a manca.

«Femmine delle masserie, Lupo, con l'odore forte dell'inguine» si raccomandava don Giachino.

Lupo non n'aveva avute femmine delle masserie col pelo bruno e il labbro sudato. Solo signore aveva avuto e lenzuoli di seta americana, signore che si profumavano *Jeunesse*, la marchesa, la moglie dello speziale Gargiuffrè, del notaro Gattinara di Girgenti e donna Lucrezia Barresi e donna Elisabetta della baronia di Fontanafredda.

Signore con rizzole cordoni e fringe di seta e circelli e pendenti d'oro e fioccature di raso.

Don Giachino Verderame, morto vomitando sangue una domenica delle Palme, a Terranova, s'era sbagliato. Lui, Lupo arciprete di Terranova, le fuggiva le contadine delle masserie col fiato grosso d'aglio e i seni sudati e il capezzolo nero, come quello delle capre.

Tano, il figlio vero di don Giachino, che si chiamava Verderame, che ereditava Mautàna e la Rocca dell'Accia e l'Ogliastro, lui sì c'era stato, sudato, ubriaco con tutte le serve delle masserie che avevano natiche spinose come zucche della Piana e n'accoglievano il getto giallo, del colore della semola, sulla stuoia di capra.

«Dieci cento o mille, le contadine delle masserie Lupo sono tutte uguali... uguali ti dico... fame hanno e sete e sudano e si grattano... si levano i pidocchi dai capelli e li scrafàzzano con l'unghia e hanno una smania tra le cosce che non si sazia mai... mai... cagne in calore sempre... una pezza di formaggio pecorino e ti stanno addosso come zecche... Si alzano dalla stuoia strapazzate 'nniricate dai fumi della lucerna, il seme che cola e rapprende per le cosce pelose, e riprendono i mestieri della masseria... come niente... mute come la vitella che si stacca dal toro dopo la monta.

«Negli occhi una luce nuda e sporca come il fumère delle stalle. Il petto in fuga dalle coppe di percallo che n'affanna il capezzolo, e sotto la gonna, Lupo, non portano niente niente. Nude come Gesù alla Croce e una tempesta d'umori tra il pelo rizzuto dell'inguine.»

Questo gli diceva don Giachino la domenica, dopo la messa di mezzogiorno alla Matrice, mentre pezzetti d'ostia consacrata gli restavano tra i denti.

E in questo Tano era simile al padre. Gli piacevano le femmine delle masserie, anche se appresso a Stinca la testa aveva perso. E a Lupo glielo diceva: «Quella Stinca una volta o l'altra m'ammazza quella buttàna o l'ammazzo io.»

Quando si presentava in chiesa alla prima messa, con la bocca che sentiva di vino, il gilè di fustagno lordo di frasche, i borzacchini che scutuliàvano creta, e ne stupivano le catechiste di San Giovanni Battista a fronte dell'unico figlio di don Giachino che più un carrettiere pareva con quei modi bruschi e la voce accarpàta, minacciosa.

L'altro, mentre, Lupo il bastardo, era solenne magro nella tonaca nera, misurati i gesti, gli occhi fondi al messale, sul petto la croce di spine.

«Lupo» gridava Tano dalla balaustra di travertino alla messa delle sei, quando i garzoni s'avviavano per la Portamarina alle vigne del Castelluccio, «quella è una cagna rabbiosa... rabbiosa ti dico come le cagne dell'Accia nelle notti di luna calante... io... l'ammazzo una volta o l'altra... lo giuro davanti a San Giacomo che l'ammazzo una volta o l'altra, quella buttàna di Stinca...

«Al maiale si voleva accoppiare l'altro giorno e davanti a me, per mostrare che lei ha coraggio e fa quello che vuole... lei... A momenti s'accoppiava nel porcile... la veste arricciata in vita e fermata con una foglia di granturco... e dagli occhi lì, accosto al maiale, una vampa di sfida e sotto niente... niente... niente, solo il fuoco della stella tra le cosce, nere come tutte le contadine...

«L'ammazzo quella buttàna l'ammazzo, quant'è grande Iddio giuro che l'ammazzo... io Tano Verderame, il figlio di don Giachino, giuro che l'ammazzo.»

Tano gridava da presso la balaustra mentre Lupo all'altare celebrava la messa delle sei, immobile, gli occhi all'ostensorio. Poi dava la comunione, la pupilla annegata nell'iride scura, alle catechiste, dal fiato acro di digiuno, che stupivano de' suoi gesti fini gentili, della sua santità come stupivano della bestialità di Tano – il figlio vero di don Giachino – che gridava di Stinca e la chiamava buttàna alla messa delle sei durante la consacrazione del pane e del vino.

«Che disgrazia questo figlio per don Giachino... e dire che il padre è uomo di rispetto... e si fa sentire anche a Roma... ché quando ammazzarono l'amato Sovrano Umberto e don Giachino che era Sindaco fece fare solenni funerali alla memoria del Re e pronunciò un discorso... qualche parola in verità non si capiva... ma bellissimo... il Ministro in persona della Reale Casa glielo mandò il telegramma di ringraziamento a nome di S.M. Vittorio Emanuele III... dalla Reggia partiva il telegramma... proprio dalla Reggia... vi dico... come gli spiccava la fascia di Sindaco a don Giachino... nuova per l'occasione... di raso buono e grande che neanche l'ernia si vedeva... pure se gli arriva quasi al ginocchio l'ernia... e quando si sforzava gli colava lenta per la coscia come marmellata di mele cotogne...»

Che Stinca fosse indemoniata assassina e buttàna lo sapevano tutti nell'agro di Terranova, insino le catechiste di San Giovanni, ma non giustificavano lo stesso gli eccessi di Tano.

«Santo ragazzo potrà pur pazientare che finisca la messa delle sei... ché l'ostia benedetta per traverso se ne va... e un giorno o l'altro prende la via dei polmoni... è pazzo... pazzo... e l'arciprete fa finta di niente... santuomo... e lo... sopporta... ché sempre del suo sangue è... cognome o no... il sangue sangue è... non acqua fresca dell'abbeveratoio...»

Tano, santo ragazzo, mentre, non aspettava e gridava latrava dalla balaustra, in un tremulizio selvaggio, come quando si tira il collo ai piccioni e sbattono l'ale. Un tremore che ne scoteva il fango a pezzi dai borzacchini di vitello.

"Viene sopra il monte
il vento dalle gambe infinite
scioglie la fune il giudizio della sera..."

«Lupo... sarai Vescovo di Piazza Armerina. È ricca la curia, sai...? pecore e poderi e masserie quanti ne vuoi. Tano avrà le terre e Mautàna... è grande Mautàna, il grano, i pistacchi., la vigna, gli ulivi sino alla Rocca dell'Accia e alla Rupe di Birribaida... solo là può stare Tano con le bestie della masseria... Tano è forte maschio un cucciolo di leone... ma rozzo... e non sa di latino... e a Mautàna vuole stare con le bestie come lui... e con quella buttàna di Stinca che il cervello gli mangia...»

Così gli diceva don Giachino mentre lo ordinavano sacerdote tra lo scampanio della Matrice in un filare triste di tonache nere impalate come tralci di vite nel solco mostrando nella risata larga un compiacimento per il suo sacerdozio, di cui, comunque, da sempre aveva avuto la certezza.

Solo una cosa ci mancava ormai, solo una, e i suoi

comandi sarebbero stati in tutto soddisfatti. Che Lupo diventasse Vescovo, Vescovo di Piazza Armerina. Ma Lupo, al Cuore di Gesù lo aveva giurato, contro quel porco di don Giachino che lo guardava soddisfatto in prima fila, onorato e riverito "Vescovo mai Vescovo mai".

Sì Tano era morto ma Lupo pensava solo a don Giachino col suo vassoio di pastarelle calde di forno, il gilè di velluto e l'andatura tosta dei Verderame. Il cervello nudo se lo sentiva come le carni dei morti, con la muta rabbia degli anni del seminario, una rabbia che oltrepassava la cancellata di ferro e l'ombra viola della notte e il freddo ristoro del lenzuolo di lino.

E lui nel salotto giallo, lui al recinto delle giumente, lui nel viale a dire «Sì don Giachino. Sì lo giuro don Giachino... fateci conto... lo prometto sì sì siiiiiiiiiiii.»

A dire "di sì" a don Giachino che gli pagava le rette, lo accompagnava in seminario, tornava nelle feste grandi, gli comprava ogni anno una tonaca nuova di panno nero, lo saziava di pastarelle alla ricotta e lo straziava d'una affezione maligna come il tetano che vora il cervello.

Di don Giachino sapeva solo che lo aveva intrappolato con la sua maligna affezione, come i conigli nella *trappulèra* a Mautàna, che tutto il pelo ci lasciavano nella gabbia a furia di sbatterci, e pure schegge di carne. E anche lui ci lasciava once di carne quando faceva finta di pregare alla cappella delle Suore Immacolatine, o faceva finta di dormire, sul crino aspro del materasso.

"Secco è il tronco del perdono
corre il ramo tagliato a passo di lepre"

Che lui, Lupo, cresciuto in collegio a esser prete e poi Vescovo di Piazza Armerina, era il bastardo di don Giachino Verderame, uomo di rispetto nell'agro di Terranova, l'aveva capito, già dai tempi del ginnasio. Dalla risatina maligna dei suoi fratelli, nati da Mariannina e da uno di Balatazze. Uno che impalava le viti a Mautàna e ci tornava solo la domenica a Terranova e passeggiava nella piazza della Matrice coi calzini di filanca cremisi, i piedi che sapevano di pecorino vecchio e la giacchetta del matrimonio che puzzava di muffa, stretta in sul punto di vita. E beveva vino rosso di don Giachino dalla botte grande.

Lupo li sentiva bestie, quei garzoni, muli che tornavano al tramonto dalla vigna *ppilati* di sole e si gettavano sulla minestra di fave come capre all'abbeveratoio.

Li sentiva altro da sé, verruche come quella di 'Nzino con la cacca secca de' mosconi, li sentiva zappaglioni a capofitto sulla rogna degli asini come sulla merda calda delle vacche per le basole della Scesa a Terranova, s'era giorno di fiera. Corpi, corpi soltanto, grevi di carne e sudori e vesciche piene, la sera, come capre gravide.

Braccia e natiche che grondavano d'umori tra le macchie selvatiche del pelo.

Che lui, Lupo, cresciuto in seminario a imparar di latino e teologia e orazioni, era il bastardo di don Giachino lo capì anche dalla riverenza di Mariannina, sua madre, la serva di Palazzo Rosso, che gli dava del voi e non gli dava comandi come faceva, con fare deciso, pur s'era alta quanto un santino, con i figli sudati davanti alla minestra di ceci e finocchi rizzi, calda, calda. E lo serviva silenziosa, in punta di piedi, perché lui era «cosa» di don Giachino Verderame. Mariannina lo serviva con divozione e timore. Gli cambiava i lenzuoli ogni giorno, come a Palazzo Rosso, pur se lui, che non ci andava alle vigne del Castelluccio, li lasciava bianchi come dopo il bucato, ne chiedeva i comandi con un chioccolo delle ciglia, ché Lupo era d'un'altra razza. Razza buona, di signori. E aveva la pelle fina come il tinnirùme dei cavolicelli, sotto la tonaca nera, una pelle asciutta – lui, sempre a leggere, non sudava mai. Aveva, però, là ove il collo e le spalle s'annodano, un sussulto spaventoso, un ansimo come di capretto scannato che invano scuote le carni insanguate.

"Ifigenia giovinetta
il candido collo offristi
alla scure del padre Agamennone..."

Lupo la guardava con la coda dell'occhio, la madre, quando tornava per le vacanze, e Mariannina, che se n'accorgeva, si sentiva tale e quale una lepre stanata dal furetto.

Mariannina era sempre in corsa a spicciare i servizi con un cespo aspro di capelli neri saracini, che non s'ammansivano al ferro caldo come quelli della moglie del notaro, dello speziale, della marchesa Tringali. Erano arsi stizzosi come la lana se non la si carda da tempo. Era secca, legnosa, addosso i fumi della carbonella, il grasso del castrato, il vapore dei cavoli.

Lo guardava Lupo quel ventre servile da cui comunque era nato – fino alla tortura glielo diceva don Giachino che lui era il figlio di Mariannina. Nato tra gorgo di sangue e budello, come erano nati i suoi fratellastri. Bestie che tornavano al tramonto, secco l'occhio di sole – occhio tondo nebbioso di bue – e, pure se ci ridevano sotto i baffi, lo invidiavano il bastardo di don Giachino dalle mani gentili e i modi fini e la biancheria di lino e la pelle asciutta che non puzzava mai e l'inguine che non si scaldava ne' calzoni di telo leggiero, mentre loro i calzoni li portavano di tela grezza, pesanti che gli divorava le cosce con l'orticaria sotto il sole di luglio nelle vigne del Castelluccio «durano di più se sono pesanti... non si strappano... durano di più» diceva secca Mariannina, e loro non ci provavano a protestare. Era un osso duro Mariannina, solo col bastardo era tenera come la ricotta.

"Muto è l'aratro che vanga il maggese
semina solco di pianto"

«Esalterò il tuo nome, o Signore. Ti lodano i draghi e gli abissi tutti, il fuoco, la grandine, la neve, il ghiaccio, il soffio della tempesta, i monti e i colli.

«E tu, o Signore, fino a quando? fino a quando sarai adirato? fino alla fine? non ricordare le iniquità nostre antiche.»

Lupo ripeteva, come già Sant'Agostino, «Signore fino a quando sarai adirato?»

Come a chiedere sino a quando dovesse torturarsene di don Giachino ch'era morto senza dirla la verità e del vassoio di pastarelle alla ricotta che gli si gelava tra le mani in seminario e poi la notte lo dava, tutt'intero, a Napoleone che gli diceva «che fai? mi vuoi ammazzare? ammazzare mi vuoi?»... no, lui non lo voleva ammazzare Napoleone con le natiche grandi come i meloni di Scordìa, e tanta fame.

Solo questo gli riusciva di pensare dopo che 'Nzino, con la faccia ruttata di verruche, l'aveva detto che Tano, il figlio di don Giachino, era morto. Non tremava né sudava. Lo diceva Mariannina «che pelle asciutta!... che carnagione fina!... come i signori...»

Neanche a Tano ch'era morto pensava. Dentro il petto solo la voce di don Giachino, maligna, maledetta come certe annate secche quando i braccianti, muti, con la rabbia degli occhi, squarciano il cielo più del fulmine, sperando nella pioggia.

«Tu Lupo... Vescovo di Piazza Armerina, a Tano... Mautàna.» E lo assaliva improvvisa la voce del vecchio come serpe che lesto scompare sul frutice del gelsomino prima che con la zappa gli si tronchi la testa.

Lupo lo sentiva maturo il suo dolore, se mai era dolore. Era comunque, tra tutte le sensazioni, quella in assoluto che più s'avvicinava al dolore. Ora non piangeva come ai tempi del seminario ma gli si chiudeva la bocca dello stomaco come col catenaccio. Era un dolore antico il suo, come il frutice del gelsomino che divorava il muro della sagrestia, col dolciore aspro dei fiori.

Su e giù andava Lupo per le basole di terracotta, nella casa canonica, a notte, ora che il sagrestano l'aveva detto che Tano era morto sputando nero come il sugo della seppia. Su e giù dal letto in acero fiorito al cassettone in fusto di noce dalle gambe esili, rastremate nei montanti laterali in forma di sfingi.

Una lingua di luna, per il balcone fiorito di geranio, si fugava nella stanza, inseguiva l'ombre scure dei legni, il sonoro ronzio delle tarme.

Dai muri, in conci di pietra e malta, s'allungavano Centauri in forma di cavallo e uomo, Erinni col sibilo dell'avido serpe nei capelli e San Giorgio su di lui affondava la spada lorda del sangue del drago.

Il cielo – un'onda lunga bruna – precipitava nella stanza a passo di lepre e spiava il muto latrato, le ragne sui muri, la nera placenta del lutto.

Questi erano gli incubi di Lupo, quasi sempre a dire il vero, non solo quella sera che aveva saputo della morte di Tano. Che poi Tano, in paese ufficialmente, era solo l'unico figlio del più ricco proprietario di Terranova e con lui non aveva niente da spartire. Ma, si sa, nei paesi è così, la verità resta al fondo e la menzogna a galla, un po', come quando si cuoce la pasta. L'acqua intorbida, la pasta va a fondo e in superficie solo una schiuma bianchiccia, buona a nulla.

Era morto Tano che gridava da presso la balaustra alla messa delle sei «m'ammazza quella buttàna una volta o l'altra o l'ammazzo io», lo stivale lordo di fango e sterco di stalla.

Era morto alla Giunta Municipale, e non aveva fatto in tempo ad ammazzarla quella Stinca a Mautàna, buttàna e assassina, se pure da trent'anni lo gridava: «L'ammazzo una volta o l'altra l'ammazzo.»

Tano era morto. Questo era certo com'era certo che la notte divorava il fiore magro delle stelle.

Lupo era lì a terra, la lingua di pietra come stele che mura i defunti, il grido muto che gli restava nel petto. Intorno silenzio e silenzio e la notte, crudele guardiana dalla fina caviglia.

"Le nubi stanno ad oriente. Piove lontano
rotola il tuono"

L'aria sembrava rinfrescata da un soffio di vento dal Pontile, che aveva l'odore intenso delle alghe quando marciscono al sole.

Lupo, a terra, sui mattoni freddi, masticava tra i denti il suo dolore piano piano come si mastica il bianco fiore delle mandorle. Un'oncia di dolore vecchio come il sibilo d'un cancello arrugginito, acro come il rutto dell'acido che anche ora, ora che Tano era morto, «ha storto la bocca... ha vomitato nero... ed è morto», aveva detto il sagrestano, con la verruca allignata allo zigomo, lo abbrancava, quale il polpo abbrancava ancora la pupilla di Semenza – e neanche la Canaria c'era riuscita che pure con gli aborti faceva miracoli.

Si pasceva del suo cuore, in silenzio, come i vermi dei morti al Camposanto. La notte era quasi alla fine, ma si sa che le notti d'estate sono corte.

Lupo aveva il collo sudato – lui che non sudava mai, «la pelle asciutta ce l'ha come i Signori e i lenzuoli me li lascia bianchi per come glieli stendo...» diceva Mariannina ai figli sporchi di stalla – e agitava la testa come faceva Janìa a Mautàna, accosto al pozzo.

«Lupo sarai Vescovo di Piazza Armerina... Vescovo Lupo... Vescovo...» queste erano state le ultime parole di don Giachino prima di morire mentre già il sangue si precipitava dalla bocca a pezzi, come fegato fritto che l'olio accartoccia nel tegame, cercando ogni dove la foce.

Era morto la domenica delle Palme don Giachino, quindici anni prima. Quindici anni ch'erano passati a Terranova come la polpa dei pomodori nel setaccio.

Lo scampanio della Matrice (era la domenica delle Palme) s'allungava tra nuvole chiare e ne sparpagliava l'effimero branco per vaghi sentieri di cielo, come il mangime gettato con forza dal pugno sparpaglia nell'aia i pulcini che fuggono e temono il becco maligno delle *ciàvole*.

Le campane chiamavano alla messa di mezzogiorno. La chiesa aveva una facciata rustica con un grande portale in pietra lavica a piattabanda, l'interno semplice dimesso con un'unica navata, lunga come il budello per il sanguinaccio.

La chiesa s'apriva alla fine d'alcuni scaloni di pietra, che si seccavano al sole come treccia d'agli sul rampino del balcone.

Assiepata sugli scaloni, a parlare della malannata o del prezzo del grano, c'era una piccola folla in attesa della processione dei Flagellati lungo la Scesa della Passione.

Stavano là nei vestiti buoni del matrimonio. Erano scotolatori di lino, gessai, molinatori, braccianti, coi capelli coloriti come i fuochi d'artificio per la festa della Madonna del Carmine. Altri ne giungevano in branco dalla stradella dello Scoscio, dal vicolo delle Mantelline, dalla via dell'intrigato e dal Cortile Infame.

I capelli s'intrecciavano come grappoli nella pergola bruna e il crine rosso d'un terrazziere di Maccalubba avvampava il cielo come mestruo sangue di femmina.

Lo spolverino di lanaseta della dote del matrimonio affaticava, nelle femmine delle masserie, fianchi grandi di parto recente.

Calzini di filanca allegravano, ne' braccianti, caviglie magre, ricche di pelo, scure, che soffrivano dentro la scarpa di vitello scannato e conciato, cucito a mano.

Alla messa di mezzogiorno (era Lupo ad officiare) don Giachino aveva preso la comunione, indugiando un attimo prima di fare sparire tra la saliva l'ostia consacrata, tanto che Lupo glielo aveva ripetuto «il corpo di Cristo» e negli occhi del vecchio che indugiava lo aveva letto il comando di sempre «Vescovo... Lupo... Vescovo... Vescovo di Piazza Armerina.»

Lui, mentre, Lupo, figlio di Mariannina, era solo arciprete alla Matrice di Terranova e non aveva alcuna voglia d'essere Vescovo. Soprattutto per non darla vinta al vecchio che su tutti i fronti l'aveva spuntata.

I tempi altri erano ora. Non s'era più in seminario, don Giachino non l'avvicinava se non di rado, e quelle poche volte che lo faceva pareva addirittura in soggezione.

Quindi era tempo perso il fatto che don Giachino indugiasse dinanzi all'ostia perché quanto a diventare Vescovo Lupo non ci pensava proprio e ormai faceva solo di testa sua.

L'ostia, lenta, poi si scioglieva tra la saliva di don Giachino gonfia come spurgo di lumaca, poi si infilava tra i denti scuri per via del sangue delle gengive.

Poi con un colpo mastro della mano manca, don Giachino davanti al calice d'oro delle ostie ricacciava, tra i budelli del ventre, l'ernia grassa dell'inguine seguendo il piccolo forame da cui scendeva.

Un'ernia grassa sconsacrata grande come melone marcito sul campo che gli cadeva a metà della coscia, prima lenta come marmellata di mele cotogne, poi, una volta fuori dal testicolo, si lasciava andare a precipizio come la grandine sulla vigna.

Nel testicolo a manca i visceri grassi dell'addome s'erano fatti un varco, e vi calavano molli come ricotta, quella col siero, sì che il muscolo di botto cedeva, quale muro senza malta alla furia del muschio. Specie se si sforzava per il catarro o uno starnuto, o quando aggrappava, allupato, le femmine delle masserie dal pelo bruno, l'ernia veniva giù. Precipitava.

Negli anni s'era strozzata e tale ingrossata l'ernia che gli arrivava a mezza coscia, dentro la sacca dei mutandoni di tela.

Quando l'ernia si gonfiava frenandogli il passo, don Giachino la ricacciava nell'inguine d'un subito, con un colpo maestro della mano, e lasciava libera la coscia ulcerata dai sudori e dal sozzo budello.

Il sangue, nondimeno, vi scorreva sia pur con ristagni, in specie là ove il budello frenava la corsa.

Lupo aveva cercato in tutti i modi, con uno sforzo sovrumano, specie tenuto conto che lui lavori di fatica non ne faceva mai, di ricacciargli l'ernia dentro l'inguine, dopo che don Giachino era morto in una furia di sangue, la notte stessa della domenica delle Palme.

Ma l'ernia, fredda di morte, era rimasta accovacciata alla coscia di don Giachino, pur se il vecchio ci teneva a non morirsene con l'immondo budello di fuori.

La Canaria scinziata e sanatrice, quando l'ernia cominciava a farsi notare, gli aveva preparato un cinto di tela e glielo aveva messo come il panno dei neonati per frenarne la caduta dentro il testicolo. Gli aveva insegnato pure a ricacciarlo in dentro il budello malandrino.

«Don Giachino il budello si cura col riposo» gli diceva la Canaria, gli occhi furbi.

Un attimo, e don Giachino l'abbrancava alle spalle come rapace sul fiore del grano mentre lei, la Canaria, mescolava un decotto di poligala e gramigna, poi, per il tempo che giaceva con lei, se la scordava don Giachino l'ernia grande come i meloni che crescono prossimi a un canalone d'acqua.

Se la scordava mentre braccia gambe nervi s'allungavano si torcevano sulla stuoia di capra e l'ernia, poco a poco, si rassegnava sulla coscia manca, in mezzo a tralci secchi di vite, bulbi di giglio vendemmiolo, porcellana di fiume e fili di ginestra, buona a legare i porretti, che poi con questo sistema si seccavano e cadevano non più grandi d'una lenticchia.

Non poco lo tentava la Canaria col suo petto bianco, la statura tamagna e la caviglia scolpita in su l'osso.

Gli piaceva, a don Giachino, l'odore d'erba dei fianchi della Canaria e anche il succo dolce di melagrana sull'umido pelo dell'inguine della Canaria gli piaceva.

Gli piaceva la Canaria dottora che nel feudo di Mautàna aiutava le contadine a nettare l'utero e poi, con quello che ne tirava fuori; vi concimava la vigna, in giro per la Rocca dell'Accia e la Chiudìa, già dalla prima messa nel convento delle Suore Chiarine, le guance sfacciate con lo zigomo tagliente, la Canaria sfidava il primo gelo del mattino tra i fumi della zolfara e con gli occhi cerasuoli e i piedi nudi sull'erbe della Chiudìa.

«L'ernia si cura col riposo don Giachino» gli diceva la Canaria mentre il capezzolo nero sguinciava dal reggipetto di tela contadina come faceva quando aggiustava la caviglia storta ai picciotti.

«L'ernia si cura col riposo don Giachino» mentre la veste, che un filo d'erba teneva stretta alla vita, con la punta del piede la lanciava lontano in un canto.

«Riposo, don Giachino, riposo, per l'ernia ci vuole riposo» mentre il succo rosso, di melagrana, dal suo inguine dissetava la lingua di don Giachino lunga come un braccio di mare.

«Fimmina tosta... fimmina tosta...» le diceva don Giachino e null'altro, mentre s'asciugava dei sudori della monta. Lei, muta, asciutta, si levava i peli di capra dalla veste, con le labbra accese come lumini in chiesa davanti alla statua della Madonna.

Poi, in piedi d'un colpo, come le gatte selvagge della Chiudìa, si raccomandava:

«Riposo, don Giachino, riposo, l'ernia vuole riposo... vi dico... riposo ci vuole...» e ripigliava, come niente, i suoi mestieri, ché tempo sulla stuoia, che le lasciava addosso il pelo di capra, non ne voleva perdere. Più che tanto.

Ogni volta che don Giachino andava a Mautàna ci passava dalla Canaria scinziata e sanatrice, ma la dottora non c'era quasi mai.

I loro incontri erano spicci, veloci come il mangime sulle galline e si concludevano sempre con "Fimmina tosta... fimmina tosta..." e uno sputo di tabacco.

Tirati su i calzoni di fustagno vinaccia, don Giachino se ne andava per i campi. L'aria gli asciugava i sudori e gli spazzava i peli di capra dal panciotto di lana.

E la Canaria tornava alle sue erbe, buone a raccogliere l'utero dopo il parto – «sennò alle contadine gli va in testa la *nirbùsa* e strammìano» diceva.

Gli sforzi del parto accaloravano il cervello e capitava che le contadine a seguito d'una nascita difficile dessero i numeri, ma lei Canaria metteva a posto tutto, anche i cervelli oltre che l'utero.

Tornava poi ad arrostire, sui carboni, pale di ficodindia per i reni dei contadini che spasimavano di dolore e avevano le pietre nei reni, dure come calcinacci, e faticavano con l'urina rossa di sangue e lenta che a goccia, come quella dei conigli, si raccoglieva nell'orinale di smalto per la notte.

"Dall'acqua sabbiosa respiro l'odore del mare"

La notte delle Palme quando don Giachino era morto, Lupo sentì che qualcuno da basso sì forte bussava al portone della casa canonica che i muri ne stordivano e la rete del letto cigolava. Intorno silenzio e silenzio.

Lupo era allo scrittoio, frastornato dalla festa, che ancora era nell'aria bruna della notte, dalle musiche della banda, dalla processione dei Flagellati, dai botti che or s'allumavano or s'annigravano nel cielo.

Il giorno s'era consumato tra festa scampanio marce della banda e ceri al Cuore di Gesù. Nella piazza grande, fino a sera, un baccanale di voci e di corpi, sul sagrato un ronzio di preghiera o d'altro.

Per la Scesa della Passione, dopo la messa di mezzogiorno, c'era stata la processione dei Flagellati, che nudi, con le cosce insanguinate, correvano dal Camposanto al Calvario, come dire da una punta all'altra del paese.

Lupo, dallo scrittorio, spiava la notte e la festa, tarda a morire, pur se la piazza era ormai deserta.

Sullo scrittoio, accosto l'un l'altro, Sant'Anselmo Baudelaire Sant'Agostino La Maison Tellier Nana. Autori diversi, anime diverse, eppure l'uno accosto all'altro, sullo scrittoio, come dentro il suo cuore, stavano fede peccato amore odio preghiera pentimento. Uno accosto all'altro.

Attraverso la fessura dei portalini una fettuccia di luna spiava la secreta lentezza di Lupo allo scrittoio.

Non la pativa Lupo quella presenza così grata ai poeti, così amara per lui che aveva imparato nel tristo fiume del pianto la vicenda delle stagioni, in seminario. Come anche aveva imparato dalle ombre nere dei preti, nei lunghi corridoi, dal pendolo nel refettorio, dal ronzio di preghiere, la vocazione d'esser prete.

Talora, nella prima alba, coglieva ne' fiati dell'aria il Coretto delle Donzelle Orfane *Cuore di Maria salvate l'anima mia* e ne pensava il pigro risveglio, la bocca digiuna per la comunione, il ronzio di preghiere magre di divozione, un borboglio di visceri leggieri e vuoti.

«Lupo... Lupo... Lupo Lupooooooooooo»

Non diceva altro l'uomo da basso al portone della casa canonica o, forse l'altro si perdea tra il rombo de' battenti.

Lupo la riconobbe quella voce muccosa callosa. Era Tano, il figlio di don Giachino. Era da poco passata la mezzanotte. Intorno sempre più silenzio e la corsa del suo cuore.

Forse Tano, ubriaco, veniva alla casa canonica a gridare come alla messa delle sei «Una volta o l'altra m'ammazza quella buttàna o l'ammazzo io.»

Ma Tano, per quanto rozzo e tutto d'un pezzo, non l'aveva mai fatto d'andare alla casa canonica a quell'ora di notte.

Che voleva quell'animale di Tano, il figlio di don Giachino, da lui, a quell'ora di notte, mentre gli ultimi botti squarciavano le nebbie della marina, giù al Pontile, e incendevano il cielo, come i lumini davanti al tabernacolo di San Vincenzo?

Che voleva da lui, proprio da lui, a quell'ora di notte? Quell'animale ubriaco, certo ubriaco come sempre, al portone lo sapeva – tutti lo sapevano nell'agro di Terranova che lui, l'arciprete, era il bastardo di don Giachino, il figlio di Mariannina, eppure lo cercava, gli gridava di Stinca alla messa delle sei, e ora in piena notte gli staccava i battenti del portone, vi s'accaniva contro, lo prendeva a calci con lo stivale lordo di creta, il collo bruno di fumèri, perché lui non c'era stato alla processione dei Flagellati con l'abito nuovo e il bagno fatto come tutti i cristiani.

Era stato a Mautàna, invece, pur s'erano le Palme con quella buttàna di Stinca occhiodiciàula.

Che voleva da lui Tano a mezzanotte, trascorsa l'aria del soffio leggiero d'aprile?

Non rispondeva Lupo, la figura elegante, i modi da signore – come diceva Mariannina di nascosto ai figli garzoni, nati da uno di Balatazze che impalava viti a Mautàna, quando, nella loro parlata chiusa di bove borbottavano imprecavano contro la madre che lo favoriva in mille modi il bastardo di don Giachino.

«Il bastardo dorme da solo nel letto come i signori» dicevano quelle poche volte che Lupo si vedeva per le vacanze, mentre loro s'accovacciavano in due o tre, sporchi di stalla, sudati, sul medesimo paglierìccio, anche se la madre lo chiamava "letto".

«Lui ha il cuscino di lana... di pecora... cardata fina per giunta» loro mentre posavano le teste pesanti di capelli e pidocchi su frasche secche di pannocchie, che crichiuliavano ad ogni movimento.

«Il bastardo se ne sta al fresco... sotto la pergola a leggere di latino e di poeti... e tu ci mandi alla vigna... e vuoi i nostri danari e con lui... addosso ti pisci se solo ti guarda.»

Di nascosto protestavano con Mariannina e a bassa

voce, infatti la temevano quella figura solenne da i modi fini da vero signore.

Quanto a Mariannina – la madre del bastardo – era proprio vero che davanti a Lupo si pisciava, ma con loro aveva animo, pur s'era un palmo e tutt'ossa, e li zittiva d'un subito.

«È un signore lui... è un signore... è "cosa" di don Giachino lui.»

Il portone quasi precipitava dai cardini per i calci di Tano e le spallate, ma Lupo, immobile allo scrittoio, non gli dava voce.

Lui era l'arciprete di Terranova e sapeva di latino e di francese e di poeti. E aveva un italiano fino e una parola che incantava i cristiani, la domenica a messa.

Che aspettasse giù al portone, lordo di creta, Tano, il figlio di don Giachino, a gridare nella notte di festa, tanto lo diceva don Giachino «Pazzo è pazzo... quella buttàna il cervello gli mangia... come la *pidduòttula* alle galline...»

Lupo se lo figurava sudicio ne' panni sudati, sul mento una barba lunga d'almeno dieci giorni, che copriva la fossetta. Se lo figurava giù al portone chiuso e ci godeva pensando che Tano i pugni giù al portone se li rompeva.

«Lupo Lupo Lupoooooooo.»

Il grido tagliava la notte e brancicava insino al Camposanto, a ovest della Matrice, sotto Portamarina.

Era il grido d'un toro scannato dall'accetta. Lo conosceva assai bene quel grido Lupo, sebbene il suo, in seminario, restasse muto, ammansito dal lenzuolo in bocca che quasi lo strozzava.

Infine si mosse al balcone e s'affacciò dalla parte del geranio. La tonaca sotto la luna lo volea ancor più solenne. C'era Tano al portone, gli occhi di fuori e non era ubriaco.

«Don Giachino... don Giachino butta sangue... sangue non si fa in tempo ad asciugarlo... la secchia di rame n'è piena... forse muore... forse... forse... Chiama "Lupo Lupo" m'ha detto... forse muore...»

Non era ubriaco Tano, anzi, ora che gli dava la voce, quasi composto, come un barcone quando allenta in mare una macchia d'olio e la macchia s'allarga e le onde se ne stanno immobili per un po', stupite.

L'onda, però, dopo un poco soffoca sotto il viscido umore, e ribolle e prepara un nuovo assalto, se il vento di ponente si leva col favore del cielo. «Ti vuole... Lupo forse muore questa notte... forse muore» diceva Tano «il materasso è rosso... il muro è rosso... e il lenzuolo e lui pure... forse muore... questa notte... don Giachino... forse muore.»

E il grido si fece leggiero, rado come i fuochi giù al Pontile. Tano al portone diceva «don Giachino», non lo chiamava padre e gridava «forse muore... forse muore» perché la morte la sentiva prossima a don Giachino, già addosso a lui come corvo sulla carcassa d'un cavallo morto.

Tano, che pure lo poteva, scansava di chiamarlo padre, gridando del vecchio che ruttava l'anima tra marosi di sangue, «Forse muore don Giachino, forse muore.»

E Lupo che sempre e solo "padre" lo chiamava, nel muto desiderio delle labbra, sotto la trapunta di lana in seminario, era grato a Tano che, sebbene fosse una bestia, l'aveva avuto per lui questo pensiero. Poi si disse che per quella bestiaccia di Tano poteva avere anche simpatia se Tano non fosse stato il figlio di don Giachino – per tutti l'unico figlio a Terranova – perché lui solo si chiamava Verderame.

L'aveva avuto per lui questo pensiero Tano, che appresso a Stinca si mangiava il cervello a Mautàna, appresso a Stinca occhiodiciàula.

E aveva soggezione di lui, della sua tonaca nera, dei suoi modi gentili da vero signore.

Tano, eppure, non aveva affezione alcuna a don Giachino, suo padre, con l'ernia grossa come un melone, viscida come le meduse del Pontile. Al vecchio che non lo risparmiava mai, le rare volte che lui lasciava Mautàna e Stinca, e girava per Terranova stordito, come un fantasma.

«Un maiale sei!... un maiale buono a rotolare nel fango... tu e i tuoi coglioni scimuniti come te... tra i maiali con quella buttàna di Stinca che ti vora il cervello... e ti svuota il midollo dell'inguine come con i predicatori di città... e tu lo sai...»

E lui, Tano, stordito di vino, sporco di fango e creta, le labbra ridotte un organino di carne per il soffio freddo sull'Accia, di notte, appresso a Stinca «l'ammazzo una volta o l'altra quella buttàna giuro che l'ammazzo.»

Sempre lo diceva e sempre rimandava d'ammazzarla quella buttàna di Stinca, Tano.

«Sei un animale non sai di latino... non sai di buone maniere... niente sai... buono solo a guardare le bestie al pascolo... e le cosce a quella buttàna...»

Tano al pascolo, a guardare le vacche, non c'era mai stato se non per giacere su l'erba con Stinca e strapparle baci che più erano morsi.

Lui era il figlio di don Giachino, e don Giachino era il porco più ricco e *vappariùsu* di Terranova.

«Lupo è aristocratico... altezzoso... poche parole... guarda dall'alto in basso... ha i modi fini... un vero signore. E dire che è solo il figlio di Mariannina la serva» diceva don Giachino.

E Tano, poiché il padre lo torturava a proposito di Lupo ch'era un vero signore, gli stava discosto, per lo più a Mautàna, al sicuro, con quella buttàna di Stinca che aveva giurato d'ammazzare, una volta o l'altra.

Da don Giachino e dalla sua ernia sudata, grande e flaccida come la semola ammansita nel latte, voleva stare discosto, il più possibile.

Quando lo vedeva comparire a Mautàna per la scannatura dei capretti o la stima del grano, alla svelta, senza una parola se la filava su per la Rocca dell'Accia come scalasse le cime del cielo. E Stinca dietro.

Don Giachino, però, aveva proprio ragione quanto a Lupo. Era fine Lupo, un vero signore, elegante, la pelle asciutta, gli occhi fondi al messale.

Lupo era un'altra cosa – Tano lo sapeva assai bene «eppure» diceva il vecchio «è solo il figlio di Mariannina.»

Sotto sotto quel prete, figlio d'una serva, cresciuto a esser Vescovo di Piazza Armerina, gli piaceva. Per questo Tano lo cercava alla messa delle sei con la scusa di Stinca. Quella tonaca nera che n'allungava la figura, già solenne, la pelle asciutta, i modi fini da vero signore gli piacevano; e Tano, che a Mautàna ci stava con le vacche i tori e Stinca, non poteva stargli lontano più d'una settimana. La sentiva la lontananza da Lupo, chissà poi perché – si diceva.

"Danno le macchie corbezzoli
vario l'autunno riposa su rupi assolate"

Rosso era il letto ove giaceva don Giachino. Rosso proprio come lo gridava giù al portone, chiuso sui cardini duri, Tano.

Da presso lo stipite della porta, scura salcigna, alta a sfidare la traversatura del soffitto, parea un campo di rossi papaveri, battuti dal vento d'aprile, il letto su cui giaceva don Giachino.

Rosso era il muro e rossa la poltrona di damasco accosto al letto, proprio come gridava Tano giù al portone chiuso, e il grido arrivava sino alle stelle dell'Orsa raminghe nella notte di Terranova.

Il sangue di don Giachino era rosso, allegro come il sangue delle bestie al macello comunale, dove, ogni martedì, braccia robuste macellavano vitelli nostrani, grassi di pastura, dell'agro di Terranova e San Michele di Ganzarìa.

Lupo non se lo figurava rosso, allegro il sangue di don Giachino. Lo pensava scuro grumato *quagghiàto* come mostarda ai tizzoni del paiuolo.

Scuro come la sua faccia scura, che mandava lampi di bronzo, in specie se s'inquietava.

Il sangue concimava le carni di don Giachino e vi disegnava grottesche fantasie, come ombre che s'arrampicano sulla sgreta facciata d'un muro e costipano di mostri il vuoto inerme de' calcinacci.

Un sangue rosso come di vitello scannato al macello nelle secchie di rame. E quanti v'andavano, al macello comunale, deboli di polmoni o spolpate di parto recente, ne bevevano litri, caldo caldo, con l'odore di stalla e fieno, prima che l'aria fresca del Pontile lo cagliasse.

Lupo non l'aveva mai visto nel letto don Giachino che pure disteso tra leggieri pizzi macramè, e scolato di sangue, mostrava la sicumera di quando al seminario secca la voce, gli ordinava d'esser Vescovo. «Vescovo... Lupo... intesi?... Vescovo... di Piazza Armerina... intesi?»

E lui, a fronte di quella pupilla malandrina, nel serrame del petto un grido un latrato, sulle timide labbra. «Sì don Giachino sì don Giachino sissignore... come volete voi... Vescovo di Piazza Armerina... di Piazza Armerina.»

E la lingua si feriva tra i denti e il pianto ingrossava come torrente che gli argini viola e il vortice abbatte e annega la spiga del grano e uccide i buoi nella stalla.

Mezzo morto com'era – l'aveva detto Tano «forse muore forse muore» – il bastardo, già al cospetto di Dio non si timorava affatto, non si nettava l'anima, non glielo gridava, già madido di morte, infine ch'egli, arciprete di Terranova, era suo figlio suo figlio, mentre che per tutta la vita era stato solo il figlio di Mariannina la serva.

Forse l'aveva voluto proprio per questo nel cuore della notte delle Palme, a nettarsi l'anima, sconcia come la sua ernia, quel vecchio schifoso con le frange di pizzo rosso – era sangue – tra labbra e collo, rosso come le giarrettiere delle malefemmine al bordello di Mimina la santa, ad angolo tra la Vanella dell'Impiccato e la Scesa della Passione.

La testa sul cuscino, l'occhio vivo di faina, don Giachino era vivo vivo almeno dal collo in su. Era vivo il suo cervello indiavolato, i suoi visceri, mentre, scoppiavano sguaddaràvano sotto la nuvola rossa, e in tutte l'ossa il morso dello spasimo figliava morte.

Più il vecchio era morto più il sangue era vivo veloce malandrino.

Lupo allo stipite, col Rosario tra le mani, non osava entrare, aspettava un cenno da don Giachino che, col moto degli occhi, gli ordinò – come sempre ordinava a Lupo e per Lupo non c'era scampo – di avvicinarsi, mentre Tano spariva col suo passo pesante di creta sui mattoni del corridoio.

Lo guardava don Giachino, la pupilla puntuta, come allora in seminario col vassoietto di pastarelle in mano, calde di forno che trasudavano ricotta.

Non parlava don Giachino, non si muoveva se non per il trascorrere del sangue sul lenzuolo di lino e pizzo. Nell'occhio sbarricato su di lui, che tardava allo stipite, Lupo vi lesse il comando di sempre «Lupo Lupo... Vescovo ti voglio... Vescovo di Piazza Armerina... la curia più ricca... frumento vacche... ulivi e femmine crude delle masserie quante ne vuoi. Hai capito? Lupo Lupoooo?»

Moriva quel bastardo nel letto di sangue e non chiedeva di confessarsi, non lo vomitava il suo peccato tra il sangue magno dei visceri sfatti. Stava, fiero, la testa grande sul cuscino, l'occhio immane, a dare ordini come sempre.

Non s'affrettava il bastardo, mentre già le cosce e l'inguine erano solcati di morte, a vomitarlo tra le onde del sangue il suo peccato.

A gridarlo – tempo non ce n'era molto – che lui Lupo era il figlio di don Giachino, non di Mariannina con l'aspro del fritto d'aglio addosso, e i polpastrelli screpolati neri di carboni.

Perdeva tempo il porco nel suo letto di morte, mentre l'occhio spurgava come i *vavalùci*, le chiocciole della Piana, prima di morirci nella padella fritti con l'aglio fritto.

Nella stanza un'afa maligna e il rantolo sgraccùsu della morte.

Doveva confessare quel vecchio porco, doveva dirglielo ch'era lui, don Giachino Verderame, suo padre, infine.

Il sangue allentò la scesa, poco a poco s'arrestò su i pizzi del lenzuolo e più non andava avanti.

"Certo l'emorragia del fegato finiva" pensò Lupo. Anche Tano, giù da basso al portone, gridando come un vitello orfano l'aveva detto «forse muore... forse muore... forse.»

Campava, sicuro che campava, quel porco di don Giachino e tra qualche giorno se lo sarebbe visto in sagrestia col panciotto di raso e la catena d'oro dell'orologio in fuga dal taschino e l'ernia sempre più grande a dirgli: «Vescovo Lupo... Vescovo di Piazza Armerina... Vescovo intesi?» e null'altro.

E lui muto a riporre la stola nella cassapanca di castagno, di spalle, senza trovarlo mai il coraggio di gridare:

«No nooooo Vescovo di Piazza Armerina no e femmine delle masserie noooooo e figlio di Mariannina no no nooooooooo.»

E poi prenderlo al collo e scannarlo coi denti come aveva fatto la gatta pazza con l'arciprete di prima, il divoto don Linuzzo Paparìa, che l'avevano trovato freddo sul sagrato, addosso i paramenti buoni della messa e la gatta coi peli tesi e sporchi del suo sangue.

Così doveva fare con don Giachino, certo così, ma anche lui tardava – chissà perché – e rimandava proprio come Tano che pure giurava di ammazzarla una volta o l'altra la buttàna di Stinca e, invece, era morto senza che l'avesse ammazzata.

Non gli riusciva di concentrarsi sulla morte di Tano, ché Tano povero cristo era stato poca cosa per lui, un peluzzo nell'occhio.

Pensava solo al sangue netto rosso di don Giachino sul letto col pizzo macramè. Il ricordo era vivo colorito proprio come il sangue del vecchio. Un sangue rosso come il drappo dei cavalli alla processione de' Flagellati che sanguinavano nelle cosce grandi e mascule, straziate da cocci aguzzi di vetro.

Anche don Giachino dal sagrato li aveva visti i Flagellati giù per la Scesa della Passione, correre con i genitali nudi sotto un telo bianco, insino al Calvario, nel Largo delle Croci.

La Scesa, in basole di pietra nera, s'allungava come una biscia e, pure se c'erano i marciapiedi, tracimava come il *criscènti* del pane sin dentro le botteghe di barbieri, sarti, conciatori – una appresso all'altra sulla Scesa – e le caffetterie e il saponificio della Sguaddara e la merceria delle Signorine Spampinato – la madre se n'era andata all'altro mondo col desiderio di vederle maritate. E infine il bordello di Mimina la santa, ad angolo con la Vanella dell'Impiccato.

Le basole nere, poco a poco, arrossivano di sangue che dalle cosce, martoriate dai cocci di vetro – ma questo era il significato della processione, il pentimento – scorreva lento, avaro, poi sempre più forte, insino ai piedi callosi di vigna.

Erano giovani – la prima peluria fioriva incerta sulla radica, nelle guance che, soprattutto negli adolescenti di pelle chiara, tardavano a esser mascule. Sotto il telo bianco, che gli copriva l'inguine, mentre, gonfiavano le gemme del giovine tralcio del sesso, pieno d'una mareggiata sommersa d'umori, come l'inguine di Janìa che si masturbava al sole, accanto allo scolo del pozzo, a Mautàna.

"Ribolle il fosso di polvere secca
ribolle la pietra ai piedi callosi di vigna"

Erano uomini già, alcuni. Lo zigomo sicuro, l'occhio maschio svelto, il fianco selvaggio di chi monta puledri.

Altri erano vecchi, con i capelli bianchi sulla nuca e la pelle sul volto che allentava già la presa dell'osso, proprio come succede ai vecchi se non muoiono per tempo.

Tutti, giovani e vecchi, correvano, col fiato grosso, e gridavano come serpe che a mezzogiorno leva il suo squillo tra i cardi in calore.

I sonagli in bronzo dei cavalli squarciavano l'aria della festa e le creste dei loro pennacchi sussultavano e l'aspre note d'un barbaro canto risuonavano nel cavo gorgo del cielo.

Sorgive di polvere secca s'aprivano dal lastricato di pietra nera che il rosso sangue delle cosce – rosse come la sanguigna bocca del minio – dissetava ammansiva chetava.

Con un ferraglia di cocci di vetro i Flagellati si martoriavano le cosce, e i colpi venivano dati a tempo, sì che il sangue in un primo tempo gocciolava, timido scarso.

Poi, quando i colpi si facevano forti e lesti, il flusso, ormai copioso, s'affrettava sul bianco telo delle cosce, fino a che le stesse ne sparissero del tutto, lasciando solo una grande macchia di colore.

A metà della Scesa verso il Calvario erano tanto martoriati che, dallo scalone più alto della Matrice, parevano fiaccole accese, una foresta d'alberi di sangue senza foglia né fusto. Alberi che grondavano stille di miele rosso.

L'onda di sangue appena toccava la pietra infuocata del lastrico, gorgogliava crepitava sfriculiava come nube d'acque nel cielo addensa triste tempesta di piogge, mentre gli smergi dalle onde levano strida nel volo veloce squarciando nuvole basse.

Infine, la goccia di sangue, superato il gorgo dell'inguine, si raccoglieva a terra. Vela squarciata che il marinaio raccoglie dentro la barca prima che anneghi in mare.

La Scesa della Passione diventava un lago di sangue che il rondone a precipizio dalla Matrice, stridendo sorvolava. Nelle stradine che s'affacciavano sulla Scesa qualche giovenca, sfuggita al controllo del padrone, preso dalla festa, spiava l'angusto sentiero del cielo con le narici grandi, e lo zoccolo aspro di fango.

"Sono venuto a coprirti di roccia
sono venuto a coprirti d'argilla
sono venuto a coprirti di bava"

Anche don Giachino se l'era goduta la processione

della domenica delle Palme. Don Giachino che ormai tra i pizzi del letto non sanguinava più.

Aveva solo all'angolo sinistro della bocca una fettuccia di sangue, che pareva scurirsi da un attimo all'altro, e con gli occhi di capro grandi, spalancati, fissava Lupo fermo allo stipite della porta.

«Ora ora mi chiama il bastardo... ora ora lo confessa il suo peccato... ora ora col petto pitturato di rosso come un cielo di lampi... nel suo letto di morte... ora ora lo dirà, infine, al cospetto di Dio, ch'io Lupo sono suo figlio, il figlio di don Giachino.»

Lupo questo pensava allo stipite della porta e l'aspettava la confessione di don Giachino, e ne spiava con l'occhio di falco puntuto, le labbra che pure restavano chiuse.

L'aria fredda dal Pontile scomponeva un poco il pizzo macramè del lenzuolo accostato al collo quieto del vecchio.

«Forse muore forse muore forse... questa notte muore» aveva gridato Tano scotendo di calci i cardini del portone alla casa canonica.

Il vecchio, dalla pelle di castrato, campava invece tra i lenzuoli di pizzo, freschi di bucato. L'emorragia s'era arrestata chetata e ora don Giachino sembrava sfidarlo dal letto, con la pupilla grande più di quando respirava il tabacco e gli occhi gli lagrimavano.

«Che aspetta il bastardo, a dirlo ch'io non sono il figlio di Mariannina?... Puzza d'aglio fritto Mariannina... e le sue mani sono nere da contadina e la sua pelle è secca come le stoppie sul campo» pensava Lupo mentre con gli occhi che mandavano fiamme tra il bruno pelo delle ciglia, spiava don Giachino sul letto di morte.

Taceva don Giachino tra i lenzuoli di pizzo, mentre l'occhio gonfio si rivolgeva a Lupo. Una smorfia c'era sulla sua bocca appena schiusa come quando assaggiava il vino nuovo dalle botti di Castelluccio e la lingua s'allappava al palato, e sbatteva le labbra grandi molli contro i denti scuri di tabacco.

Ora, al cospetto di Dio, doveva dirlo il suo peccato nella notte delle Palme, una notte quieta mansa, ché ormai tacevano le campane di San Giovanni Battista delle Monache.

Lupo, immobile allo stipite, e don Giachino, immobile nel letto, si guardavano, muti, con studio, come fiere che, più leste del vento e dell'ali del fulmine, si scannano a morsi a strappi, l'una nel sangue dell'altra.

Lupo – eppure furono solo minuti – ripassò tutta quanta la sua vita. L'onda lunga del pianto in seminario, il Coretto delle Donzelle Orfane *Vergine Maria salvate l'anima mia*, la gramigna dell'odio nel suo cuore, Mariannina che puzzava d'aglio fritto, la sua tonaca nera, nuova ogni anno, e la quercia stretta al cancello del seminario che ne falciava la novella foglitura.

E l'attesa, antica come il veleno dell'Idra, che il porco di don Giachino, infine, lo confessasse il suo peccato, anche se tardi, anche se in punto di morte sul letto di sangue.

Anche a Tano pensava Lupo in quei minuti lunghi più del fragore della risacca sotto gli scogli.

A Tano che gridava «l'ammazzo una volta o l'altra quella buttàna di Stinca, giuro che l'ammazzo», ubriaco alla messa delle sei presso la balaustra di marmo. Anche Lupo l'aveva giurato d'ammazzarlo, una volta o l'altra, quel bastardo solenne nel panciotto di raso, che andava a visitarlo in seminario col vassoio di pastarelle e la tonaca nuova e il comando di sempre «Vescovo Lupo Vescovo di Piazza Armerina! Intesi?»

Ammazzarlo per tempo doveva. Ammazzarlo e strappargli il cuore come lo si strappa caldo ai piccioni per curare le ferite da fucile. Anche per via di Mariannina.

Da Mariannina, Lupo, non c'era più andato. L'affogava il fritto d'aglio della minestra di verza sulle vesti di lei, pur dopo trent'anni.

E lei, Mariannina, per il mese di Maria e le novene di Natale, andava, la veletta rattoppata e stremenzita sulle ciocche saracine, alla chiesa del Carmine, ché lì non ce lo trovava l'arciprete.

Alla Matrice non c'era più entrata, la spaventava l'occhio feroce di Lupo. Quell'occhio nero, tristo, la perseguitava insino nell'ultima fila sulla sedia di zammara e non le dava tregua. Lo sentiva come il cane da caccia dei Rosso, felino, smaniato e pensava che avevano ragione i suoi figli, pur crudi di cervello, quando le dicevano «Addosso ti pisci... addosso ti pisci davanti a lui... al bastardo di don Giachino...»

«L'arciprete è cosa fina, cosa di don Giachino» replicava con foga Mariannina ai figli storditi di vigna, però di fatto alla Matrice non c'era più andata, nemmeno per la Festa di Maria Bambina.

Don Giachino era lì nel letto di sangue. No, non moriva il bastardo. Gli occhi grandi e buttàni di quando sfrucuniava il petto grande e salato della Canaria a Mautàna.

«... Ora ora me lo grida il suo peccato... ora ora me la grida la verità dalla sua bocca di porco scannato... ora ora lo dice che sono suo figlio...» si diceva Lupo. L'alba, mentre, quietava di cilestre petalo il cielo bruno di Terranova.

Più Lupo lo guardava più don Giachino rimaneva immobile tra il pizzo macramè, lordo di sangue, a beffarsi di lui come quando in seminario gli misurava la tonaca nuova, con la voce roca, di catarro e tabacco: «Sei cresciuto Lupo... sei ritto come le querce dell'Accia Lupo... Questa tonaca basterà sì e no sei mesi... bravo Lupo hai l'acqua ai piedi... un anno ancora e mi raggiungi...

sì Lupo... alto Lupo... e Vescovo di Piazza Armerina... di Piazza Armerina. Intesi Lupo?» e gli schiacciava il cuore, come si schiacciano i ragni sui muri.

Poi scompariva nel viale che pareva rimpicciolirsi a fronte della sua figura di rapace.

Si crespò la tendina nella stanza dove giaceva don Giachino, perché il soffio dal mare ora diventava quasi vento.

Come quella volta in seminario che s'era levato il vento, e lui e don Giachino erano attorno al tavolo di castagno.

Era il giorno di Natale – Lupo aveva dieci anni – e don Giachino c'era andato a trovarlo, dopo la messa di mezzogiorno, col vassoio grande di pastarelle nella mano grande d'animale.

A un certo punto don Giachino lo aveva afferrato per il gomito, guardandolo con gli occhi duri come il castagno del tavolo e, a mezzavoce, col sigaro tra i denti, gli aveva detto «Lupo una cosa ti devo dire da uomo a uomo... da uomo a uomo... lo sai tenere un segreto?... da uomo a uomo.»

Don Giachino gli diceva «da uomo a uomo» mentre lui, Lupo, era solo lo spaventapasseri d'una vigna abbandonata al pasto vorace dei tordi. Un bastone con un panno nero addosso, sotto cui sparivano l'ossa minute. Altro che alto, come diceva don Giachino! E le tonache che gli portava erano per bestioni come Tano con l'ossa grandi lunghe come gli aceri della Chiudìa.

«Ti devo dire una cosa Lupo un segreto... da uomo a uomo Lupo... una cosa una cosa una cosaaaaaaaaaaaaa.»

La promessa di don Giachino si cagliava nell'aria e Lupo non ci poteva stare più sulla sedia, davanti alle braciole di cappone impanato, aspettandolo il segreto «da uomo a uomo», invocandolo nel rombo dell'eco straziante «da uomo a uomoooooo», mentre il pendolo sul muro andava lento come il tempo del dolore e la gola gli si seccava e tra i denti restavano le braciole impanate che non gli riusciva di mandar giù.

Nel trascorrere chiassoso delle stoviglie buone della festa si sentiva l'odor di beccume dei seminaristi, sudati, accalorati sotto il panno crudo che n'abbruciava l'irrequieto genitale.

Dunque don Giachino che per dieci anni – tanti ne aveva Lupo – non l'aveva detta la verità, infine, nel giorno di Natale, attorno al tavolo di castagno pieno di tarme, s'era deciso a dirla, tardi, certo, ma infine l'avrebbe detta. Come però?

Lupo lo guardava. Don Giachino gli sedeva accanto. Aveva la carne fitta come quella della selvaggina, la coscia gonfia d'ernia, l'occhio spavaldo da buttàna, il gilè rosso, e la solita cipolla d'oro. Ma non si decideva a parlare. Invece si saziava di braciole e castrato e sugo di piccioni e si nettava i denti con lo spiedino delle braciole.

Lento, paziente stava al tavolo grande di castagno. Lento e paziente come il pendolo sul muro.

«Lupo Lupo... figlio...» e basta. Forse così semplicemente, solo Lupo, solo figlio gli avrebbe detto don Giachino.

Nel cielo tinto di russola si scioglieva il tramonto fisso mirando alle prossime stelle.

Lento era il pendolo sul muro, concentrato il sugo di tacchino, grassa e tanta la cotenna nel tegame di coccio. Pesanti di sugo e sonno gli occhi don Giachino che alle cinque del pomeriggio, il pastrano sottobraccio, l'occhio malandrino, s'avviò lungo il viale, come sempre tra tigli assopiti.

Di lui attorno al tavolo di castagno non restava che un aspro odor di tabacco e una menzogna agra come il succo dei limoni verdelli, buoni a nettare le budella e fermare così la diarrea dei contadini.

Se n'era andato don Giachino, l'ombra lunga nel viale al nero soffio del vento tramontano, che precipitava dal monte Olivella tra torbidi nembi di cielo e cirri di nuvole secche.

Se n'era andato senza una parola. Eppure l'aveva detto «Un segreto da uomo a uomo Lupo... da uomo a uomo. Intesi?»

Di don Giachino Verderame, suo padre, non restava che una menzogna sul tavolo di castagno tra rimasugli di braciole impanate e il lento sordo currulìo del pendolo sul muro.

Non restavano che gli occhi malandrini, accesi come carboni «Vescovo Lupo Vescovo di Piazza Armerina... Intesi? Vescovo Lupo... e femmine delle masserie... col pelo crudo delle cosce...»

Lupo, il bastardo di don Giachino, restava, mentre, in seminario a imparare la vocazione d'esser prete e Vescovo di Piazza Armerina.

"Lungo è il grido dell'Onda
lunga è l'ala della Notte"

Dal suo letto di sangue don Giachino, dopo quarant'anni, ora che forse moriva doveva pur dirla la verità «da uomo a uomo». Vomitarlo, in fine, il suo peccato tra pezzi di sangue grandi come fegato fritto di maiale.

Vomitarla dovea la verità al cospetto di Dio prima di morirsene. Tutti lo sapevano, nell'agro di Terranova, che l'arciprete da i modi fini era il bastardo di don Giachino Verderame, del Circolo de' Nobili.

Lupo d'un balzo gli fu alla gola, le mani intrappolate nel pizzo macramè, scivoloso per via delle bave e del sangue. Dimentico Lupo insino del sangue, sordo al battito d'ale della Morte che pure si sentiva tutt'intorno.

Una goccia di sangue d'improvviso venne giù dalla pupilla bruna di don Giachino seguendo il sentiero delle lagrime, e con essa di botto si serrarono gli occhi del vecchio, per sempre, non più buoni ormai ch'era morto a guardare i rossi tramonti di Mautàna.

Si chiusero per sempre gli occhi di don Giachino al mestruo raggio del sole che incendiava la Rocca, quando se ne stava sulla stuoia di capra accanto alla Canaria, e alle sue cosce lunghe come lo erano, lunghi, i tramonti sull'Accia.

Di quella pupilla grande che solcava la notte di stelle non restava che una palpebra chiusa. Un telo di carne macchiato dei segni blu della morte.

Era morto già da un pezzo don Giachino, col pizzo macramè attorno al collo che il sangue inamidava come colla di pesce. E lui, Lupo, non l'aveva capito. Non l'aveva affatto capito.

Era morto promettendo di dirla la verità, come già in seminario, il giorno di Natale.

«Un segreto Lupo da uomo a uomo... un segreto da uomo a uomo. Intesi?»

Era morto col suo peccato in gola, affogato dall'onde rissose del sangue, nell'ora in cui i pescatori s'avviavano al Pontile, le nasse sulle spalle.

Era morto ora che la palpebra livida celava la pupilla e il pizzo macramè ritto di sangue reggeva il suo collo mansueto. Si sentì nel palazzo di don Giachino un ululo come di lupimannari nelle notti di luna piena.

Un grido che trapassava i muri spessi del corridoio insino alle stanze dei famigli di Palazzo Rosso, insino alla scala dalle rampe oblique, insino al *trompe l'oeil* del salotto di damasco giallo.

Era di Lupo, dell'arciprete da i modi fini e la figura solenne, che diceva messa alla Matrice di Terranova. Di

Lupo, il figlio di Mariannina, che aveva i seni secchi come quelli delle capre non più buone a figliare.

Fredda era l'aria. Leste si consumavano nel cielo le stelle dell'Orsa e una timida chiarìa ridava corpo alle strade, alle paranze sulla spiaggia, alle barche tirate a secco.

Lupo sollevò il lenzuolo e scoprì l'ernia di don Giachino fredda spossata a mezza coscia.

Tentò di cacciarla – perché lo faceva? – dentro il testicolo manco, nero, freddo, che, senza più contrazione di nervi, la respinse, e l'ernia precipitò tutta quanta dalla sacca squarciata del ventre sulla coscia. Precipitò, pesante, come rostro divelto da nave.

Prese a scuoterlo Lupo il corpo morto di don Giachino, con tale forza, a lui stesso ignota, che un estremo fiotto di sangue, caldo ancora di petto, colò giù sino al pelo dell'inguine, rado inerme com'è nei vecchi, e solo allora Lupo si rese improvvisamente conto che don Giachino era diventato vecchio.

«Eppure» si diceva Lupo «ci teneva il vecchio bastardo a morirsene con l'immonda sacca de' visceri in dentro.»

Ci teneva a nasconderla quell'ernia che s'accucciava tra il pelo rosso della Canaria sulla stuoia di capra a Mautàna.

Ci teneva a nasconderla almeno al cospetto di Dio!

«Bastardo... bastardo da uomo a uomo dicevi... da uomo a uomo... bastardo... Vescovo... Lupo nooooo e... femmine della masseria... col... pelo... fitto.»

«Nnnnnnnoooooooo... bastardo... da uomo a uomo dicevi...»

Gridava ancora Lupo ma il suo grido era sfioccato manso come quando s'accetta la sconfitta, da un momento all'altro, e una disperata rassegnazione la si chiama maturità o razionalità, false e l'una e l'altra.

S'arrestava il grido nella soffittatura della stanza. Il cielo, mentre, al Pontile annunciava già l'aurora ditadirosa.

C'era andato don Giachino al cospetto di Dio col suo peccato. C'era andato proprio come non avrebbe voluto, con l'ernia che gli pendeva sulla coscia.

Lupo s'allontanò lungo il corridoio col passo solenne di sempre. La sua tonaca era rossa di rosse creste di sangue. L'ostia dell'Estrema Unzione, che non aveva fatto in tempo a dare al vecchio, si faceva poltiglia tra il sudore delle mani. E il vecchio era morto senza unzione e senza Cristo nel lenzuolo di pizzo macramè.

"All'alba quando chiama il corvo
io posso andare contro il vento"

Le onde brune del Pontile affrettavano alla riva la loro corsa, impaziente lesta come la morte di don Giachino.

Cubici masselli di roccia sporgevano dal liquore inviolato dell'onda prima che l'onda stessa annegasse sulla spiaggia insieme alla notte.

Lupo s'incamminò verso la casa canonica per la Scesa della Passione, che, lunga com'era, da un capo all'altro del paese, sembrava tagliarlo in due. La luce incerta dell'alba sul lastricato di pietra lo mostrava sporco ancora del sangue della processione.

Non si faceva in tempo a lavare le basole durante la notte perché la festa finiva tardi; e la pulitura della Scesa veniva rimandata, come ogni anno al lunedì. Tutti vi partecipavano, ognuno lavando con grandi spazzoloni, il pezzo di strada davanti alla propria porta. Così la Scesa che, dopo la processione, era bellissima, un rosso campo di rossi papaveri, il lunedì, già dalla prima mattinata, tornava ad essere quella di sempre, triste scura per via delle basole in pietra nera.

Da lontano, ombre brune s'allungavano accanto ai muri, col collo mosso da un'onda di vene e la canotta di cotonina che ne lasciava nudo l'avambraccio, e il piede provato di sale e brecciolino. Erano manovali, terrazzieri che con l'occhio tumefatto di sonno, andavano da Portamarina alle vigne di don Giachino Verderame, al Castelluccio.

Muti, il passo lieve silenzioso, muti perché «il fiato non si spreca a fare chiacchiere... il fiato si risparmia per la vigna... fiato lungo ci vuole e braccia masculine... sole e sudore lo seccano il fiato e non basta l'acqua della *saja* nella borraccia...» sentenziava il più anziano, Nenno, che al Castelluccio impalava viti da cinquant'anni. E lo diceva a memoria, il tono medesimo di quando pregava alla Matrice davanti al cero di San Biagio prima di scannare il porco e serbarne le salsicce al fresco, nel solaio

Santu Biaggiu Santu Biaggiu
di lu porcu prutitturi
grazia granni v'addumannu
e vi pregu a tutti l'uri

«San Biagio San Biagio protettore del porco vi domando una grazia grande e vi prego a tutte le ore».

E ancora Nenno seguitava sino al Castelluccio «il sole se lo mangia il cervello... il fiato si risparmia come la sarda salata e il pecorino coi vermi... lena ci vuole... lena e valìa...»

Muti passavano per la Scesa, qualcuno più lento per le cosce flagellate dai cocci di vetro, il giorno prima alla processione.

Scimunivano nelle vigne del Castelluccio come i figli

di Mariannina che ingozzavano minestra di cavolo con l'aglio fritto e avevano gli occhi lucentati d'arsura.

Solo il passo di Lupo si sentiva nel silenzio della Scesa. Un passo forte come quando si treppica l'uva nel palmento e l'umore corre caldo liquoroso e i chicchi s'affrettano alla morte sgranati dal piede dei garzoni.

Di fronte alla Matrice, nella piazza di Terranova, si vedevano le tendine ricamate con gli angioli al punto rinascimento del bordello di Mimina la Santa, che sorgeva ad angolo con la Vanella dell'impiccato.

Il palazzetto color terracotta di Mimina la Santa sprofondava nel sonno proprio come il pollaio delle signorine Spampinato, le zitelle più avare di Terranova, che avevano la merceria sulla Scesa della Passione.

Era ad angolo, tra la Vanella dell'Impiccato e la Scesa della Passione, il bordello di Mimina la Santa.

La luce rubina de' tramonti che s'arrocchiava dal mare, ammansita d'alga e nigrelli ricci di scoglio, ne spiava la facciata color terracotta, scandita dal taglio netto delle finestre, con gli angioli nelle tendine di pizzo, e dai conci di pietra viva del portale di fronte alla Matrice.

Un palazzetto rigoroso austero nei mensoloni dei balconi. In fondo ci teneva Mimina la Santa alla semplicità. Niente facciate rosse cuor di piccione né insegne di femmine nude al lume de' lampioni, come s'usava nei paesi vicini.

Il suo bordello – Mariasantissima guai a chiamarlo bordello – era più – precisava col Rosario in fuga dal grembiule, ruminando avemmarie – ospizio ricovero quasi un convento.

Sui vetri lucidissimi – li puliva col fiato e il panno – delle finestre si disegnava, in specie al tramonto, la torre campanaria della Matrice perché – piazza in mezzo – chiesa e bordello si fronteggiavano e, nella facciata, si somigliavano pure.

La chiesa, solenne austera con conci di pietra viva nel portale d'ingresso, tale sguinciava tra nuvoli bassi che i rondoni s'alleggerivano, proprio sulla cupola, d'escrementi nigrosanguinelli come amarene.

Era, quello di Mimina, un palazzetto lindo con le tendine di pizzo e copriletto di lino bianco ricamati a punto ombra, punto seme, punto broccatello e centrini a punto raso, e a punto catenella.

Ricamava con dita d'angiolo Mimina e ovunque, nel suo bordello, c'erano preziosi pizzi al tombolo e cadute con smerli a festone. Ricamava insino le presine per la pignatta che i carboni della cucina a legna affumavano d'un subito.

Il palazzetto più una sagrestia sembrava e ricami e lini bianchi immacolati non poco confondevano i clienti, garzoni, terrazzieri, macellai pecorai dell'agro di Terranova. Mimina, in verità, aveva ricamato paramenti d'altare finissimi, nel Convento delle Suore Chiarine dov'era cresciuta, per la Chiesa di San Giovanni Battista delle Monache e la Chiesa del Carmine, ai Quattro canti accosto il Cortile della Trizzòla. Ricami leggieri, come il fiato d'angeli, che Mimina la santa ricamava su un telo di batista e lino buono della merceria della Pitònza.

Era morto don Giachino – pensava Lupo tornando alla casa canonica – ma il grano già si maturava nei campi e Mimina, nel suo bordello ricamava ruminava orazioni e intascava danari ché anche al buon Dio dalle cannate del cielo piaceva il tintinnio delle monete.

Tutto restava come sempre, la primavera e il grano che imbiondiva e Mimina nel suo bordello, pur se don Giachino era morto con l'ernia di fuori.

Mimina era stata monaca per molti anni nell'Ospizio delle Pentite, fuori dalle mura di Terranova verso la collina che portava alla diga Disuèri, ad austro.

L'Ospizio accoglieva malefemmine di città, fanciulle traviate che vi giungevano marce di sifilide.

«Iddio manda la vergogna – la vergogna a Terranova era il male delle buttàne di città – alle malefemmine in peccato» sentenziava la superiora «malefemmine di cantunèra,» – buttàne che aspettavano i clienti ai canti delle strade più malfamate di Palermo, nel quartiere del Giglio o alla Vuccirìa.

«Iddio grande e misericordioso le coglie in peccato mortale e le punisce con la "vergogna"» concludeva la vecchia, mentre con la mano cercava pezzetti di lardo, che sempre teneva in tasca perché le rinfrescavano la voce – diceva lei.

L'Ospizio era scuro e il pallore sudato delle ragazze di città, con la sifilide addosso, non si notava se non di sera, al lume, quando lo stoppino annegato d'arsolio lampeggiava sulla loro pelle trasparente come carta velina.

Entravano dalle Pentite e vi morivano, ragazze appena ne' riccioli sulla fronte, nello zigomo teso com'ala d'uccello marino. Solo qualcheduna aveva provato i dolori del parto. Stavano, mute, ed aspettavano la morte in silenzio quasi a coglierne il passo lesto, il fiato di lupa affamata, sulle terrecotte dei mattoni. Non cantavano *ché alla morte piace sentire il suo passo sui mattoni* diceva la più vecchia.

Solo qualcheduna, se il male non l'aveva già sfinita, intonava filastrocche o canti alla Madonna di Bitalemi a che le faceva la grazia.

Mimina ch'era nata con una coscia più corta e la carne secca come la paglia pe' muli pareggiava la deficienza dell'osso con piccoli salti animali da grillo canterino.

Non la pativa Mimina la Superiora col collo così grasso che il borotalco vi moriva nelle grotte umide di sudori della carne grassa, lardùsa. Il begozzo sempre unto sudicio perché la vecchia, nella tasca sul fianco destro, ci teneva frittole di lardo sementi di zucca e scarde di pecorino che sgrillava d'olio.

Le mani grasse sulla corona del Rosario, alla terza avemmaria, il collo sul begozzo, la bocca aperta come porto di mare, s'addormiva sulla panca.

Sotto le natiche, grandi cocomeri scordati sul campo, il cuscino a punto croce col Gesù Bambino ricamato da Mimina, dita d'angiolo.

Il cuscino era di lana buona – ci teneva la Superiora alle sue natiche e a una punta d'ernia (così la chiamava) proprio sull'osso sacro, tra la carne delle natiche, violacee come le melenzane quando invecchiano nell'orto. Quelle natiche, abbandonate sul punto croce e il Bambin Gesù, l'avevano sfinito il cuscino perché fiati, grevi di minestra di ceci, soffiavano dal culo della vecchia come il vento tramontano nella Fastuchèra della Chiudìa.

L'orifizio della Superiora era slabbrato, senza tensione di nervi, lento come i calzini vecchi quando non più si stringono alla caviglia. Quando qualche nuova ragazza di cantunèra con la sifilide addosso veniva da Palermo, se c'era posto – e non bisognava aspettare, perché due o tre, la settimana, ci morivano sul materasso di crino nelle celle segrete delle Pentite, ci morivano mute come c'erano entrate –, la Superiora, le chiavi sul fianco sinistro, la pancia svettante puntuta, il seno sudato fuori dalle coppe – sennò le guastava la digestione. «Dio vede e provvede... il peccato va lavato... non fornicare c'è scritto... all'occhio di Dio non si sfugge... il peccato della carne si sconta tra il fuoco all'Inferno», predicava. Poi farfugliando se n'andava e barcollava siccome nave sul rullo de l'onde in tempesta.

Con Ganza di Bellacèra, la palermitana, che si faceva i clienti al Giglio, tra il fondaco dei Coltillieri e il Cortiglio dell'Oliva, la vecchia con le natiche grandi siccome cocomeri scordati sul campo c'era rimasta scornata.

Ganza di Bellacèra aveva pendenti d'oro e granati e una catena grande col Cristo in croce che s'assopiva nella vallèa dei seni, sciropposi dentro le coppe dell'imbusto di raso, veloci come brigantino col favore del vento.

Ganza era alta ritta su lo stivaletto di vitella, rosso. E, poi che la Morte le ballava sul naso, in punta di piedi come le ballerine del Varietà, a fronte della Superiora si schiarì la voce con uno sputo grande che si tramava di sangue e catarro di petto in un barbaglio di colori, rosso, viola.

Infine, la vecchia innanzi tonda come sacco di farina, intonò – pur se il fiato era poco, pur se il petto si stringeva già prossima a morire, medesima la risata di quando attirava i clienti al Giglio, ritta sullo stivale di vitella rosso, le calze di seta dall'America, la rosa di panno Lenci al collo col nastrino di velluto nero, il tirabaci fissato sul ciglio nero col midollo di bue

Chi me piglia pe' francesa
chi me piglia pe' spagnola
songo nata o ponte e' Nola
tengo 'ncoppa a chi vo i'.

La Superiora, a fronte di tanta sfacciataggine, con la coda tra le gambe, scomparve nel corridoio ché «le buttàne sono così» diceva «sono così così... Dio le castiga e crepano le buttàne... ci crepano di sifilide che ne divora l'ossa e le fantasie... Crepano le buttàne che non si timorano per tempo.»

Nel mentre, scioglieva nella saliva del palato qualche frittola di lardo come fosse caramella di carruba o confetto di mandorle.

Era piaciuta – eccome – Ganza di Bellacèra a Mimina. Era piaciuto il suo sguardo d'allodola, il petto che pareva trapassare l'aria. E poi come l'aveva fatta scappare la Superiora, lorda di grasso sul begozzo sudicio! Alla chetichella era scappata con le ginocchia che quasi sfioravano il pavimento.

Ganza, la palermitana, era speciale. Una passera di quelle dell'Accia e cantava tutto il giorno, l'altre, mentre, mute tacevano, lento il passo insino alla cella dei suffumigi.

Di quando in quando veniva dalle celle un pianto strozzato come gocciolio nel lavatoio di pietra.

L'Ospizio negli anni era diventato un sifilicomio e dentro i muri, languidi di muffa, l'allegrezza delle ragazze di cantunèra – vera o finta che fosse – la spavalderia, la vita stessa si seccava come il basilico sullo scalone vicino alla Cappella delle Pentite, che Pepe, il giardiniere ubriaco, faceva seccare ai soli d'estate. La vita seccava proprio come estratto di pomodori sul tegame di coccio.

Era proprio un bel tipo, Pepe. Sfaticato, buono solo a concimare con escrementi di piccioni e colombi, cavoli ravanelli lattughe broccoli. Alberi parevano sulla pianta e arrivavano in altezza alla vita di Mimina che, tutta in piedi, toccava, sì e no, la balaustra della Matrice.

Non poco doveva allungarsi sui talloni per acchiappare il battente dell'Ospizio quando rientrava dalle faccende in paese, carica di fettucce di cotone, spagnolette, gangheri, gangherelle e matasse di filo colorato per il ricamo.

Quanto ai fiori, Pepe *u vutrìsi* – lo chiamavano così per via ch'era di Butera – li faceva morire sullo stelo se non ci badava Mimina, mani d'angelo...

Gardenie fresie dalie crescevano da sole senza zappa né potatura perché Pepe diceva che i fiori erano proprio inutili e quindi era inutile faticare a zapparli «mica se ne può fare minestra?!» diceva, ubriaco, mentre concimava il cavolo.

«Questo» si riferiva al cavolo naturalmente «sì che bisogna averne cura! che sapore con l'aglio fritto e il lardo di maiale!»

Non c'era verso di farglielo capire a quel caprone che scolava vino buono dalla botte grande! e così ai fiori ci badava lei come anche ai ricami e alle faccende in paese e ai suffumigi per le sventurate che giungevano all'Ospizio, cariche di sifilide.

Non c'era verso di farglielo capire a Pepe che le ragazze di cantunèra erano malate e il male era brutto e contagioso.

Lui al contagio non ci badava e ci andava, di notte, nelle celle, sbronzo di vino buono. Qualcuna lo cacciava di brutto se n'aveva la forza, altre gli cedevano, già staccate dal corpo come carne macellata si stacca dall'osso.

In un primo tempo, per evitare che Pepe di notte andasse dalle ragazze, si pensò di chiudere le celle col chiavistello e riaprirle all'ora de' suffumigi. Ci pensava personalmente la Superiora che, una a una, assicurava sotto chiave tutte e venti le celle. Com'era lesto il piede a imprigionarle!

Poi si scrisse al Padre Provinciale, che l'aveva raccomandato come giardiniere, e gli si disse del comportamento di Pepe *u vutrìsi*.

Troppo tardi perché già Pepe la malattia l'aveva presa e se ne stava, tutto il giorno, sul paglericcio col fiasco di vino buono de' monaci di Mazzarino e a broccoli e cavoli non ci badava più.

Così anche le verdure dell'orto – rape finocchi segale oltre che piccioni colombi conigli oche tacchini e ortensie fresie gelsomini gigli e ricami e suffumigi, passarono alle cure di Mimina, alle sue dita veloci.

Mimina la Santa la chiamavano le ragazze nell'Ospizio, ché se non ci andava lei in Paradiso...

E lei pronta «ci vado in Paradiso ci vado e voi con

me... Ché al buon Dio piace il buoncuore e il pentimento».

In verità non facevano in tempo a pentirsi le femmine di cantunèra, ci morivano prima del pentimento all'Ospizio.

La cella dei suffumigi era accanto alla latrina «ché – diceva la Superiora – anche i fumi di quelle sciagurate infettano! Lontano, lontano non si sa mai... infettano infettano» e ancora «Solo loro ci devono crepare con le vescicole purulente e le piaghe del peccato mortale... Solo loro ci devono crepare, hai capito, Mimina?»

No. Mimina non capiva. Le saliva nel petto una voglia grande come il cavolo cappuccio dell'orto, concimato di piccione, di tirarle il collo alla vecchia come alle galline da brodo.

Strozzarla la Superiora che pendeva come un veliero, carico di spugne, nelle secche tunisine. Finirla dentro la botte dei suffumigi a 70 gradi.

Quando una delle ragazze saltava il turno era segno che c'era morta, sul paglericcio di crino, nella notte, mentre la luna dal Bastione spiava i cavoli dell'orto.

Morivano mute. Qualcheduna canticchiava col fiato forte di rantolo quasi a guidarla la Morte sulla terracotta del corridoio.

«La preghiera... la preghiera salva l'anima dalle fiamme dell'inferno» farfugliava, ogni sera, la Superiora mentre assicurava le celle al chiavistello, come a ricordare – se mai ce n'era bisogno – che la notte certo qualcuna ci moriva nel materasso di crino, prima che spuntasse l'alba dal Bastione.

La trovò morta Mimina. Ganza di Bellacèra era morta la bocca schiusa come quando cantava sullo sgabello di castagno, nuda, dentro la botte dei suffumigi di mercurio che la sfinivano coi vapori caldi.

Solo la testa restava fuori a ricordare che lei era Ganza, la palermitana. Il corpo era tutto nella botte intonacata d'argilla e terracotta a che il calore lo divorasse il male e anche le carni.

E lei, la testa viva libera, cantava cantava, mentre di fronte Mimina rianimava il braciere. La testa, solo la testa dai ricci annigrati saracini *'nturciniàti*, ne restava fuori tra i vapori d'incenso e cinabro.

Le mancava Ganza di Bellacèra – eccome se le mancava.

Al crepuscolo, in specie, quando finiva di lavorare nell'orto, quando i polpastrelli – a furia di rianimare il fuoco dentro il braciere sembravano stoppini – s'abbandonavano alla corona del Rosario, l'aria bruna di zolfo e mandorle e ricci di scoglio e d'alga dal Pontile le portava all'orecchio, tra le menzogne del vespero, la voce di Ganza, i suoi toni corposi caldi, prima che la sifilide li rendesse leggieri deboli come le canne rotte dell'organo nel Convento delle Chiarine:

«Chi me piglia pe' francesa, chi me piglia pe' spagnola songo nata o ponte e' Nola» cantava in quel napoletano strascicato, tutto suo.

La voce, già prossima alla morte s'appanellava mogia come l'impasto di farina di ceci.

Mimina soffrì non poco per la morte di Ganza. Anche per le altre, che ci lasciavano la vita nella botte da vino come lasciavano a terra la veste di panno e si spogliavano della vita nella botte proprio come d'un imbusto di raso.

Mimina raccomandava, ogni sera, a Dio Ganza nell'Eterno Riposo. Anche per le altre pregava ma, per Ganza di Bellacèra dai seni pieni come melagrane d'ottobre, pregava con più divozione, con più fervore lo pregava il buon Dio, Mimina.

Fu per Ganza che Mimina la Santa, dieci anni dopo, si trovò a reggere il bordello ad angolo, tra la Vanella dell'Impiccato e la Scesa della Passione, di fronte alla Matrice. Fu per Ganza morta una notte, sul paglиericcio di crino, mentre cantava.

Era morta Ganza. Era morta la Superiora con la ventresca ricadente sulla vescica dal pelo rado albino, come certe gatte malate di rogna, senza l'ombra d'un pelo.

Era morta, pure, Pomponea Mortillara, moglie dello speziale di Terranova. Devota e cristiana ma sorda e avara quanto a limosine ché, quando Mimina andava a trovarla nel Palazzetto di fronte alla Matrice, a chiedere la carità per le Pentite, dava solo uova del suo pollaio e qualche cesto di frutta.

Quale la sorpresa di Mimina quando seppe dal notaro che l'Ospizio ereditava il Palazzetto in cambio d'orazioni e messe in suffragio.

Mimina v'andò, subito v'andò. Per mesi le sue dita, nere come stoppini, rovistarono pulirono lucentarono. Ovunque c'era polvere ciarpame sporco. E scarafaggi grandi com'uccelli s'accomodavano la tana nella credenziera, tra bicchieri di rosolio.

Le strigliò con piscio d'asina le formelle del pavimento a rianimarne la lucentezza, poi le disinfettò con la candeggina. Infine, quando ormai c'erano le tendine di pizzo alle finestre, i centrini di lino ricamato, i copriletto ad uncinetto, vi si trasferì col Rosario e v'accolse tutte le Ganze di Bellacèra che le chiedevano asilo.

Femmine di cantunèra floride di carne e di salute de' paesi vicini. Ragazzette brune saracine sode di fianchi e petto.

Poco a poco il Palazzetto di Pomponea accolse uno sciame di ragazze allegre e sane come pesci, divenendo il bordello di Mimina la santa. V'andavano manovali delle vigne, cotti di sole, come i fratellastri di Lupo, o garzoni di pescheria con addosso l'odore di sarda e tonno.

Mimina li accoglieva col soggolo inamidato sulla savonarola dell'ingresso, i piedi a mezz'aria, il Rosario in mano.

Poi, prima che n'uscissero un po' intontiti per l'allegrezza delle fanciulle, mentre le campane annunciavano l'ultima messa alla Matrice «a messa a messa, giovinotti... Dopo il peccato la comunione... ché il buon Dio l'accetta il pentimento... l'accetta», si raccomandava Mimina e li seguiva con una scarda d'occhio nero, pizzuto insino al sagrato. Così li raccomandava al buon Dio e in un certo senso accontentava la Superiora morta nel letto di lana fina – la vescica le era scoppiata – e la sua Ganza di Bellacèra morta di sifilide sul paglericcio di crino, in una notte senza luna.

Al tramonto, pur se il bordello si stremava di garzoni affamati di giovine carne come rondoni, s'allontanava col suo passo zoppetto, e sotto il cespo fiorito de' gelsomini, allungava l'orecchio a sentire nell'aria bruna d'alga

Chi me piglia pe' francesa
chi me piglia pe' spagnola
songo nata o ponte e' Nola
tengo 'ncoppa a chi vo i'.

"Troppo fidasti nel cielo
e ora giacerai insepolto
compagine d'ossa"

A quindici anni dalla morte di don Giachino, la domenica delle Palme, anche Tano era morto, una domenica di giugno lenta come le alghe abbandonate dall'onda cheta a fianco al Pontile.

«Ha storto la bocca... ha vomitato nero... ed è morto»,

aveva detto il sagrestano al fonte del battesimo, dov'era Lupo, con non poca soggezione.

A cinquant'anni era morto alla Giunta Municipale il Cavaliere Ufficiale Tano Verderame, Sindaco di Terranova e figlio di don Giachino.

Era morto con un piccolo rivo di sangue a lato della bocca, gli occhi sbarrati, la faccia scura come il sangue bollito quando si friggeva con la cipolletta.

Forse era un colpo apoplettico o forse gli erano scoppiate le vene dentro la testa.

Tano, quella domenica del 26 giugno, era arrivato al Palazzo di Città mentre le campane della Matrice annunziavano la messa di mezzogiorno.

La Giunta, nel Gabinetto del Sindaco, non poco spazientiva di sudori nell'attesa di principiare la delibera per l'illuminazione notturna.

Tano, una volta finita la seduta, rileggeva la delibera prima d'apporvi la firma

Terranova li 26 giugno millenovecentoventuno delibera n. 38.
Oggetto: Appalto per la notturna illuminazione.
Si è riunita la Giunta Municipale in straordinaria seduta.
Presiede il Sindaco.
Sono presenti li Signori:
D. Gattolìcco Biagio, D. Turrumè Vincenzo, D. Li Puma Calogero, Don Schimmenti Litterio, D. Giacomarra Giuseppe, Cav. Uff. Riccobòno Giacomo, Don Niccolò Palmerino, D. Pepè Giambattista...

Detto l'officio del 23 marzo n. 425, considerato l'utilità e il vantaggio che godono i Terranovesi con la notturna illuminazione e che senza la medesima potrebbero aversi dei pericoli, specialmente in tempo di piogge la Giunta all'unanimità

DELIBERA

1) Che nel Comune di Terranova l'appaltatore de' fanali dovrà accendere 30 fanali per giorni diciotto ogni mese, escluse le notti di luna in giorni dodici.
2) Per la mercede all'aggiudicatario appaltatore dei fanali sarà anticipa-

ta la metà dell'importo nel primo anno e liquidata la restante nel secondo.
3) Debbonsi mantenere detti fanali puliti acconciati a misura di come si ricevono.
4) Ogni mattina est obbligato di pulizzarli con canovacci per non soffrire i Terranovesi di venire sporcati d'olio.
5) La durata del lume dev'essere di ore dodici.

Fu per primo lo speziale Cavaliere Turrumè ad accorgersi che la faccia scura del Sindaco s'era macchiata d'un rosso cupo come de' vigneti di Mautàna, quando s'avvicinava la vendemmia. Gli altri, chi col sigaro chi con la limonata di verdelli e ghiaccio sminuzzato del Chiosco Billotta, si ristoravano dai sudori d'una Giunta di domenica, e per di più a un'ora così calda nel mese di giugno.

Ma da Tano Verderame ci si poteva aspettare di tutto, anche d'essere convocati nel cuore della notte.

Il Sindaco era arrivato da Mautàna tardi come sempre. Nessuno se ne sorprendeva ché «quello» dicevano «la testa ce l'ha sempre al feudo appresso a quella buttàna assassina di Stinca che gli mangia il cervello.»

L'afa era tanta nel Gabinetto del Sindaco e le onde chete manse s'accucciavano al Pontile, sotto i grandi massi del porticciolo.

Non la sopportava l'attesa lo speziale Turrumè, proprio non ce la faceva ché i calzoni di lana – inverno o estate li portava sempre di lana per la flebite – gli accaloravano le cosce grasse e la pelle sfriculiata dal sudore s'era macerata, annerata. S'era fatta trasparente e, senza ristoro di brezza, le vescicole vi gramignavano maligne d'un umore giallastro, che stillava per la china delle cosce e appicciava la carne, già consunta di sudori, al telo dei pantaloni con strappi dolorosi di pelo.

L'aveva fatta grossa Tano Verderame con quella Giunta a mezzogiorno di domenica. Ma lui era pazzo, ragionava a modo suo e poi, dopo la morte del padre don

Giachino, da dieci anni già Sindaco di Terranova, aveva in pugno tutta la città.

Abile e deciso spicciava i problemi di Terranova con la furia d'un toro e i modi spicci d'un commerciante di grano. Senza chiacchiere, senza perdere tempo.

Convocava la Giunta Municipale a tutte l'ore e poi di corsa scappava a Mautàna da Stinca.

C'era cresciuto con Stinca a Mautàna tra l'arsura della paglia e il verde dei pistacchi e la fuliggine delle stalle.

Ubriaco, sporco, lo stivale lordo di creta, Tano, finché il padre era vivo, non si vedeva a Terranova se non alla messa delle sei quando gridava a Lupo che celebrava la messa «l'ammazzo una volta o l'altra quella buttàna giuro che l'ammazzo.»

Non ci stava a Palazzo Rosso, Tano. Se ne stava senza un mestiere a Mautàna, tutto il giorno appresso a Stinca come a vent'anni. Pur se ormai era il Sindaco di Terranova continuava a dannarsi l'anima con quella lupa magra, che aveva fame solo delle sue carni.

Su, per i tornanti di Luponero e le balze dell'Accia a torturarsene di quella creatura selvaggia con la vena grande blu nella coscia bianca immacolata con una pelle tale che solo la Madonna Santissima poteva avere.

«Buono a badare ai maiali... solo ai maiali e a quella buttàna che ti strizza l'ossa e le reni... e ti spolpa e te lo vora il cervello coi suoi intrugli d'erbe e le sue magie quella è una strega nata in una notte di malupirtùsu... con lei c'è stato insino il Diavolo... gliele conosce il Diavolo le sue cosce di cagna e tu sei scimunito appresso a lei appresso a lei...»

Così gli diceva don Giachino che la testa non l'aveva persa neanche per la Canaria – e dire che i suoi seni fuori dalle coppe di percallo erano grandi e sciropposi.

Ci andava don Giachino dalla Canaria quando controllava i raccolti a Mautàna e giaceva con lei sulla stuoia di capra. Lo attizzava non poco la sua sensualità, i suoi fianchi selvaggi, i sottintesi maliziosi con la risata sulle labbra serie «L'ernia don Giachino si cura col riposo... col riposo... col riposo... voi in testa ve lo dovete mettere don Giachino....»

Dalle sue cosce aperte, mentre, una pioggia di miele sulla lingua di don Giachino lì pronto a dissetarsene.

Ci stava con la Canaria e con le altre femmine delle masserie «Ma la testa no!» diceva «la testa non si perde mai!»

E lui, don Giachino, la testa non la perdeva per nessuna. «Un animale sei... un mulo senza cervello quella buttàna te l'ha spolpato... quella buttàna che ti tiene alla catena come un cane azzannato dai lupi e ogni tanto t'allunga un osso... e tu appresso scimunito... e tu appresso...»

Così diceva don Giachino a suo figlio Tano e Tano, per questo, a Palazzo Rosso non ci andava mai nemmeno a vedere sua madre, nemmeno quando gli era nato il figlio Rosolino.

Ci pensava a sua madre Tano. Ci pensava spesso a sua madre che ricamava, tutto il giorno, pizzi al tombolo, e gli armadi n'erano pieni le cassapanche n'erano piene.

I pizzi, poi, si tarlavano facevano la muffa tra pesciolini d'argento affamati di filo di raso.

Scappava Tano a nascondersi su per l'Accia quando il vecchio, la coscia allentata per l'ernia grande che ne soffocava l'inguine, spuntava a Mautàna e lui da lontano lo riconosceva, tra le nebbie della zolfara, dalla catena d'oro sul panciotto.

E poi scappava, pur s'era ubriaco, lesto più che poteva e dietro la voce del padre «Corri animale... corri verme... ora che c'è un uomo... corri corri... fai bene a correre ora che c'è un uomo... corri animale...»

Solo queste parole ricordava Tano del padre. Null'altro. Don Giachino gli parlava sempre così «animale... bastardo... maiale...» E non lo risparmiava mai davanti a nessuno quel vecchio porco che c'era andato con l'ernia di fuori al cospetto di Dio.

Mai altro neanche quella volta, a vent'anni, che quasi ci moriva di malaria, tutto gonfio e verde, con la bava alla bocca e il tremito alle ossa e la pelle così calda da non potersi toccare. «Forse ci sperava ch'io morissi» si diceva Tano, mentre la malaria lo lasciava stremato ma vivo vivo.

L'altro, mentre, Lupo il bastardo del seminario, don Giachino lo vantava con tutti, gli pagava il corredo, ci passava il Natale, ci discorreva. Anche se, da quando Lupo era arciprete alla Matrice, il vecchio n'aveva soggezione di quella tonaca nera, che celebrava il sacrificio di Cristo e gli allungava l'ostia benedetta con la mano fina da vero signore. E anche sul letto di morte l'aveva voluto. Lupo e nessun altro. Solo Lupo aveva voluto e nessun altro.

L'aveva cacciata con la luce torva degli occhi la moglie che stava sullo stipite della porta aspettando un segnale per avvicinarsi, ora che il marito ci moriva dell'emorragia del fegato nel letto pieno di sangue.

Era bastato il lampo maligno degli occhi di don Giachino a inchiodarla alla porta, un lampo imperioso da padrone pur se ora moriva e il sangue cercava foci in ogni dove.

La moglie di don Giachino di casato buono era, de' principi Rosso, mentre lui solo un ricco agricoltore, il più ricco di Terranova. Ricamava con le dita leggiere, tutto il giorno, pizzi al tombolo che ingiallivano nelle cassapanche e ingrassavano le tarme.

Nemmeno sul letto di morte ce l'aveva voluta quella moglie dall'occhio spento cinerino e la pelle sbattuta come il telo de' vecchi lenzuoli a bagno con la cenere, e le camicie lunghe di lino bianco con i pizzi, avare insino di mostrarne i polpacci delle gambe esili, legnose.

Don Giachino, mentre, carne volea carne carne cruda bruna tosta calda come quella della Canaria nuda sulla stuoia di capra.

"Sopra il monte ventoso
viene il vento dalle gambe infinite"

C'era tornato, Tano, qualche volta a Palazzo Rosso. C'era tornato ma solo per sua madre, e solo al tramonto, quando l'ombre della sera aggramignavano fitte come rampicanti e diminuiva il timore d'incontrare don Giachino nella rampa grande di scale, perché ogni sera con qualunque tempo don Giachino andava al Circolo a giocare.

Sua madre ora ricamava quadri al telaio, ricamava a punto croce la Madonna e gli angeli o santa Rosalia o sant'Agata con le mammelle strappate che, come già i pizzi al tombolo, ingiallivano negli armadi e poi finivano nelle immondizie per fare posto alla biancheria di casa.

Ci pensava Mariannina a farli sparire, di sera, nell'immondezzaio del Cortile della Scesa.

Non voleva attristarla la padrona, di guai n'aveva avuti tanti con un marito tosto come don Giachino che l'aveva cacciata insino dal letto di morte.

Ci voleva così poco a gabbarla, un po' svanita com'era appresso alle sue Madonne e ai suoi angeli, ma lei n'aveva rispetto e le «pezze» – così Mariannina chiamava i quadri al telaio – le faceva sparire di nascosto.

Solo per sua madre ci tornava Tano a palazzo, non che n'avesse piacere di quegli incontri muti, nella saletta da ricamo, al lume de' candelieri, ma ci andava, sentiva di farlo e lo faceva.

Non ci andava per il figlio Rosolino né per la moglie Leonora Macaluso Li Destri dei baroni Li Destri di Mazzanno.

Non gli importava del figlio come non gli importava di lei. L'aveva vista, appena, contro voglia, di sfuggita, qualche volta passare per i corridoi col piede pesante, le gambe massicce come legno massello, tutte d'un pezzo, i fianchi larghi del parto di Rosolino.

Non c'era andato neanche per la nascita di Rosolino, suo figlio. Lo vedeva, di rado, Rosolino, nella divisa dei Gesuiti quando tornava dal Convitto.

Lo vedea con fastidio, quasi con ribrezzo, quel ragazzino dalla pelle bianca slavata fina pallida tale e quale sua madre. Più femmina che maschio, le gambe corte e magre, il torace stretto di chi soffre il mal di petto.

Lo schivava se da lontano lo vedeva snidare da una delle stanze a primo piano, e se aveva da nominarlo diceva «il figlio di Leonora» come don Giachino, in vita, diceva, parlando di Lupo, "il figlio di Mariannina".

Tano non sentiva niente per Leonora, tranne che un po' di disagio per i suoi modi aristocratici e l'italiano perfetto di chi ha studiato in città «l'ho sposata e allora?» diceva Tano arrunchiando le spalle «non m'attizza... non me ne fa sangue... sangue deve fare una femmina... e lei sangue non me ne fa... non me ne fa... quella parla solo coi morti... s'affeziona... solo ai morti... i vivi i vivi sono un'altra cosa.»

E chi lo sapeva meglio di lui cos'era esser vivi? Vivo era Tano, vivo quando cacciava quella buttàna di Stinca come un cacciatore la lepre, e il sangue gli saliva d'un subito al cervello.

Glielo divorava il cervello Stinca – come diceva don Giachino – e lo teneva alla catena e lui a correrle dietro mentre coi piedi nudi e la caviglia rapace s'arrampicava per le Rocche dell'Accia.

Quella femmina gli faceva sangue solo lei, lei sola, bugiarda, assassina, ladra, buttàna che gli allungava l'osso come si fa coi cani e lui randagio dietro a quella femmina trista. Ma tanto l'aveva giurato, pur se nessuno gli credeva più "l'ammazzo una volta o l'altra l'ammazzo giuro che l'ammazzo."

Tano non la pativa Leonora che scriveva cose strane per i morti. Non poesie d'amore – come usavano le ragazze di buona famiglia che sapevano di poeti e fantasie – ma epigrammi funebri – come li definiva lei con la presunzione di chi aveva studiato dalle Suore in città – o «robe da morti» – secondo il linguaggio sbrigativo di Tano.

Chissà quanti n'aveva scritti, versi, Leonora, nella speranza che lui crepasse. Leonora dalle gambe massicce tutte d'un pezzo tali che anche il ginocchio ne moriva sotto il grasso delle cosce.

Le gambe di Stinca, mentre, erano quelle d'un cervo. Lunghe magre nervose tutt'osso alla caviglie, senza intoppi di carne.

E le cosce infinite che scalciavano contra l'aria fina di Mautàna, quando Tano la prendeva alla vita e la sollevava insino alla trave, insino al cielo.

E quella vena, blu come le notti di luna, che cavalcava l'inguine del colore del muschio. E il neo di seta tra il pelo rosso cardillo. E il profumo di menta che dalla vagina gocciolava a terra su la siepe di more.

"D'olio è piena la lampada
veglia su i nostri misteri"

Tano era al tavolo per la seduta di Giunta. Accaldato smaniato, la camicia allentata sul petto grande, l'occhio rosso che a malapena la palpebra conteneva, ma nessuno ci faceva caso ché sempre così lo riduceva Stinca, sempre da più di trent'anni, da quando l'aveva vista, per la prima volta, quella vena blu nella coscia sottile spuntare tra la logliarella come un alcione tra il gorgo viola delle onde.

Già prima di principiare la seduta, prima di trattare la delibera l'aveva detto «l'ammazzo una volta o l'altra l'ammazzo giuro che l'ammazzo», stravolto senza cura che l'udissero. La barba almeno di tre giorni, la nuca bruna peciosa, lucente senza un capello bianco.

Era forte Tano. Maschio e forte di vino e nervi. Era proprio un pezzo d'uomo e, quando trascorreva la piazza della Matrice, la sua figura ritta parea prenderla tutta la piazza. Morto don Giachino, Tano aveva messo la testa a posto e gli affari li trattava lesto e bene e non c'era feudo più prospero di Mautàna, nemmeno nell'agro di Piazza Armerina che pure aveva l'acqua.

Gli avevano dato il titolo di Cavaliere Ufficiale, non che ci tenesse ma, se pensava al vecchio che lo chiamava maiale, ne godeva d'essere il Cavaliere Ufficiale Tano Verderame, Sindaco di Terranova.

Al titolo – se non che in odio a suo padre – non ci teneva Tano, ché lui teneva solo a Stinca da sempre e più d'ogni altra cosa pur se diceva «L'ammazzo quella buttàna giuro che l'ammazzo una volta o l'altra... lo giuro...»

Non lo faceva mai e nessuno ci credeva più neanche Lupo il bastardo di don Giachino, l'arciprete, che Tano la voleva morta quella indiavolata assassina.

Pure un figlio Tano aveva seminato nel suo ventre proprio come don Giachino nel ventre di Mariannina. Ed era nato Janìa, scemo, col cervello secco, che non capiva niente tranne toccarsi tutto il giorno, anche davanti alle ragazzine della masseria, che gli facevano il verso.

Da dieci anni Tano era il Sindaco di Terranova. Non ci voleva molto ad essere il Sindaco di Terranova: poderi danari e malandrineria.

Però – e questo i Terranovesi lo sapevano assai bene – quel figlio sciagurato di don Giachino, che sconcertava le dame di Carità alla messa delle sei gridando ubriaco «l'ammazzo l'ammazzo», se la prendeva proprio a cuore la città e come Sindaco non c'era di meglio, pur nei suoi modi bruschi e sbrigativi.

Parlava poco Tano, non era filosofo come Lupo che aveva studiato in seminario.

Poco parlava ma lo sentiva l'umor di mare penetrargli l'ossa, l'acro rezzo delle mandorle, l'alacre corsa del vento nella Fastuchèra, il tramonto maschio sulla Rocca, donde nuvoli rossi s'annegavano fuori costa.

Tutto questo Tano sentiva, come sentiva la grezza bellezza di Terranova e delle sue notti blu come la vena blu sulla coscia di Stinca. E, pur se non aveva studiato di poeti e madrigali, la sentiva la terra bruna gravida del biondo seme del grano, lo sentiva l'odor di mare dalle paranze al sole sulla spiaggia, accosto ai barconi, che pescavano ricci a Scoglitti.

Un buon Sindaco era stato Tano per Terranova. «Strano sì» dicevano i Terranovesi «ma un gran lavoratore.»

Riuniva la Giunta di giorno come di notte, di domenica come di Natale, ché per lui il tempo era scandito solo da Stinca, dalla sua prepotenza, dai suoi capricci, dai suoi tradimenti, dalle sue minacce.

Collerico furioso «per colpa di quella buttàna che gli mangia il cervello», dicevano in paese come a difenderlo e ne avvertivano, sotto la scorza selvaggia, una grande umanità, come invece non aveva don Giachino, pur se era stato uomo di rispetto e Sindaco di Terranova, ma i Terranovesi lo sapevano crudo asciutto come le nasse sulla spiaggia.

Su Tano, mentre, ci contavano, perché da quando don Giachino era morto era proprio un altro, pulito rispettoso un gran lavoratore.

La morte del padre l'aveva graziato, liberato e lui s'era messo a servizio della Città.

Certo una pasta d'uomo non era. Gridava s'agitava sbraitava se in Giunta gli facevano resistenze con trappole di paroloni gonfi come la schiuma del bucato.

Lui era di poche parole, non gli piaceva la furfanteria contrabbandata per eleganza, così, dopo i primi anni, e per non sentirne l'urla e perché era un gran pezzo d'uomo, in Giunta, lo lasciavano fare.

Del resto aveva un formidabile senso pratico e affrontava i problemi della Città con decisioni nette, senza equivoci, con sicura determinazione e lavorava sodo.

«Un toro un toro... la resistenza il fiato d'un toro» dicevano i notabili della Giunta a fronte di quel diavolo che non pativa stanchezza, pure se Stinca gli mangiava carne e cervello.

Loro, mentre, ne pativano l'ostinazione da mulo, l'abitudine a fare il comodo suo, le riunioni a mezzogiorno come a mezzanotte senza che Tano si ponesse pensiero delle cosce ulcerate dello speziale, o del diabete del notaro.

Uscivano così a notte dal Palazzo di Città che solo nel bordello di Mimina la Santa c'era il lumino mezzo spento dei candelieri. Mimina da tempo era morta – certo in Paradiso – e le ragazze ora avevano biancheria più fina, culotte di seta e giarrettiere di pizzo nero e profumavano d'*Arpège* di *Fleur de rocaille di Tabac blond*, dato che Mimina non più preparava l'estratto di gelsomini nelle bottiglie vuote della candeggina.

Tano era proprio un toro quanto a energie e non usciva dal Palazzo Comunale se non dopo avere spicciato un numero enorme di delibere.

Gli altri componenti la Giunta, dottori e cavalieri, in un primo tempo li lottavano i suoi modi bruschi da padrone e campagnolo, infine, – non c'era niente da fare – soccombevano o si davano ammalati.

«Si lavora si lavora e si suda giorno e notte domenica e Natale... Terranova prima di tutto... Terranova e i Terranovesi... sminghiàti in Giunta non ce ne voglio... uomini voglio... uomini con tanto di palle...»

Sì tale gridava a fronte delle proteste Tano Verderame che il collo gli scoppiava di vene e gli occhi s'assicutàvano nel pelame delle ciglia.

L'avesse visto – pensava Tano – il vecchio don Giachino che lo chiamava «maiale... verme... buono a nulla», che nemmeno sul letto di morte lo aveva voluto ma, vomitando colate calde di sangue, di Lupo aveva chiesto «Lupo, Lupo... presto... Lupo.»

E lui di corsa alla casa canonica, calci e pugni al portone, la notte della domenica delle Palme «forse muore forse muore... muore.»

L'avesse visto fino a notte tarda sulle delibere e uscirsene dal Municipio, il passo forte sul lastricato, il ciuffo nero malandrino sulla fronte, le spalle grandi che lasciavano ombre dappertutto quando volava a Mautàna veloce più dei rondoni della Matrice.

L'avesse vista il bastardo, all'Inferno dov'era, la delibera stesa di suo pugno per la festa del Corpus Domini con i capitoli Entrata e Uscita ch'annotavano insino i centesimi:

COMUNE DI TERRANOVA
FESTA DEL CORPUS DOMINI
Resoconto contabile generale

ENTRATA

1) Per aumento sulle carni macellate (vedi bollette rilasciate dal Macello)	L.	3378,33
2) Per ricavato dalla lotteria	L.	13357,00
3) Dalla Banca italiana di Sconto	L.	230,00
4) Oblazioni (vedi registro)	L.	13198,25
5) Ricavato dalla vendita della vitella (1° premio lotteria)	L.	1260,00

Il ricavato dalla vendita della vitella, qualora non si presenterà il vincitore, sarà dato in beneficenza all'Educatorio delle Donzelle Orfane.

USCITA

1) Premi sorteggiati	L.	2458,00
2) Palloni	L.	250,00
3) Banda di Terranova	L.	1750,30
4) Spese mantenimento vitella	L.	140,00
5) Illuminazione	L.	2375,00
6) Cuccagna a mare		
7) Fuochi	L.	3450,00
8) Posta telegrafo generi di scrittoio	L.	280,50
9) Spese per la Processione	L.	68,50

Com'era venuta bene la festa e quanti garzoni erano venuti, col mulo o a piedi, dalle campagne di Mazzarino, Niscemi, Butera, Sommatino.

Se ne ricordavano i Terranovesi di quella festa del Corpus Domini e, pur s'era passato un anno, ne parlavano ancora nella Caffetteria della Ficicchia.

Ne parlavano nella Sala da barbiere dello Scoscio, quella che aveva più clienti di Terranova, all'angolo opposto al bordello di Mimina.

Faceva affari d'oro il barbiere perché i terrazzieri dalle ragazze v'arrivavano con la barba fatta e la lavanda al tabacco sulle basette e la brillantina sulla nuca.

Era morto il vecchio che lo chiamava maiale, che sputava in terra sgracchi di tabacco e catarro grandi come un uovo fritto.

Era morto prima di vederlo allo scrittoio di Sindaco coi borzacchini di vitello nero insino al polpaccio.

Da quindici anni i vermi se lo mangiavano al Camposanto e, certo, all'Inferno dov'era, il maiale lo vedeva, sempre appresso a Stinca, a Mautàna, sempre appresso a Stinca bugiarda ladra e buttàna, nelle stalle tra gli ulivi e i pistacchi e la siepe di pungitopo e la greggia di Mandravecchia ad avventare le sue carni sudate nella serpaia delle sue carezze dei suoi strappi dei suoi morsi.

A lasciare tra i suoi denti di gatta randagia brandelli di carne, umori di sangue, minuscole scaglie di vita come Gesù sulla Croce.

E Tano non lo capiva mai cosa volesse quella creatura dalla vena blu, blu come il mare, che cavalcava l'inguine netto immacolato, pure se c'era stata nella sagrestia, innanzi alla Croce, con tutti i predicatori di città. L'unica cosa che Tano sapeva con certezza era "m'ammazza una volta o l'altra m'ammazza o l'ammazzo io."

"A piedi nudi ho bevuto la pioggia
a piedi nudi ho bevuto la montagna"

I ginocchi di Stinca sulle frasche secche della Chiudìa scrucchiuliavano come pane caldo di forno e Tano, nel corpo una messe di cicatrici – unghiate morsi – si dava ai suoi denti bianchi come agnello che cede al lupo, con rassegnazione, aspettando che Stinca una volta o l'altra l'ammazzasse.

Stinca si muoveva di scatto, veloce come gli uccelli della Rocca.

Immota per ore, il peso del torace su un'anca, le reni

al tronco d'un pistacchio come sparviere sul picco rocciuto dell'Accia. Infine con una rapida torsione del petto e delle costole, si levava in volo proprio come lo sparviere dal picco più alto della Rocca.

I piedi leggieri di Stinca sembravano volare sulla terra secca spigolata e inquietavano l'aria con un moto veloce come fossero penne d'uccello, quando calava a precipizio su di lui come sparviere che non teme l'aquila dal volo lungo.

Non si timorava di niente quella sciagurata. Le mani erano zappa forcone rastrello roncola forbice e raspavano sradicavano insino l'erbe velenose – *unchiamànu catapuòzzulu spatulìdda rizzitièddu* –, accosto alla serpaia.

I ginocchi nudi sui ciottoli bagnati del lago Biviere, le braccia nell'onda – molti v'annegavano – scavando con le unghie sanguisughe magre nella melma bruna della riva per i salassi che faceva sua sorella Semenza a quanti soffrivano di pressione o d'arterie.

Anche lei li sapeva fare i salassi e, quando andava a cercare sanguisughe, le stringeva così forte nel pugno che qualcuna ne moriva con le viscere squarciate.

Fuori dall'onda bruna del lago Stinca allargava le braccia – invisibili sotto l'ammasso delle mignatte – come Gesù alla Croce, mentre le molli creature ingorde del rosso pasto del sangue lente risalivano lungo le sue braccia insino al collo, dentro le orecchie, sulla nuca.

Tano non lo sapeva mai quel che pensava Stinca. Forse non pensava affatto nei lunghi tramonti a Mautàna, muti se non per lo scampanio del Carmine. Forse anche il tempo, che seccava il grano e ingialliva le vigne, la temeva, quella creatura ladra e assassina, che non parlava mai e gli mangiava il cervello con le sue stranìe.

Stinca non parlava quasi mai. Non domandava non rispondeva non chiamava. Un verso, ogni tanto, una specie di latrato, o garrito o nitrito. Per lo più si faceva capire dagli occhi.

Inutile chiederle una qualsiasi cosa. Lei non ascoltava che la furia del suo petto, lo spasimo del ventre minuto, traversato da un'onda di sangue.

L'odore di Stinca era forte, maschio, intenso. In specie nei giorni di sangue che le allagava le cosce nude immacolate, giù a precipizio dall'utero aperto come la grandine d'agosto sul chicco rigonfio dell'uva.

Non lo fermava Stinca il suo sangùe col panno in quattro, come le contadine di Mautàna che ne avevano vergogna e li schiarivano a bagno con la cenere, di notte, i teli lordi, accorte a non farsi scoprire dagli uomini di casa. Sempre lì a nascondere ogni traccia delle loro mestruazioni, che sentivano come un evento sporco, tanto che, per dire che non avevano le mestruazioni, dicevano «pulita sono.»

Lei, mentre, Stinca dall'occhio sparviero e lo zigomo d'allodola, lasciava che il sangue colasse per l'umido pelo della radura, sulla coscia magra, prima goccia a goccia, poi come un torrente di lava su un sentiero di neve.

Dietro l'odore del suo sangue andava Tano, come i cani appresso all'odore delle cagne che liberano sangue e disio dal ventre minuto. La seguiva Tano su per le forre e i dirubi dell'Accia, nei sentieri di capperi e more.

Il sangue di Stinca lo sentiva Tano nell'aria di Mautàna, acro come l'odore del mosto, rosso come il rosso sentiero del fulmine quando bruciava i pistacchi della Chiudìa, dove il cespuglio della menta cresceva senza una goccia d'acqua.

Un sentiero di sangue infinito tra la logliarella secca e bionda che ne assorbiva l'umore. Bastava un po' di scirocco, poi, a scioglierlo di nuovo, come per miracolo accadeva al sangue di Santo Vito, dentro l'urna, nel Convento delle Suore Chiarine.

Ovunque a Mautàna s'avvertiva, forte, l'odore del sangue di Stinca neanche il temporale neanche il *malupirtùsu*, il vento di ponente che batteva la roccia dura di Luponero, riusciva a spazzarlo via.

«Quella buttàna ha il sangue della medusa... la testa ci devi mozzare con la roncola... prima che lei la mozzi a te... una medusa... una... medusa... col sangue che sente di veleno... quella te la mozza la testa con la roncola e poi ci piscia sulla tua faccia di maiale...» diceva don Giachino a fronte di Stinca che colava sangue come una cagna in calore.

Certo il sangue di Stinca non aveva l'odore della biancheria profumata con essenza di rose nel baule del corredo delle femmine da marito.

Era uno degli odori forti di Mautàna. Il fango nella porcilaia, lo sterco delle giumente nelle stalle, l'acro rezzo della mandorla amara, le stoppie al tramonto sul campo falciato, e il sangue di Stinca.

Glielo diceva Tano di coprirsi almeno nei giorni di sangue che sgricciava, sotto la gonna, con la furia delle grandinate d'agosto a Mautàna, ma Stinca, l'occhio sparviero alla siepe di giaggiolo, taceva o ruminava storto, tra i denti sentenze antiche.

"*L'amureddi si cogghiunu in mezzu a li spini*" (le more si raccolgono tra le spine) come dire che se la voleva doveva sopportare questo e altro. E infatti Tano da trent'anni sopportava tutto di lei, anche il fatto che andasse con chi le capitava senza fare distinzione d'età o d'altro.

Neanche quando aveva partorito Janìa s'era protetta dallo scolo del sangue, per quaranta giorni e quaranta notti libero sulle sue cosce immacolate veloci lungo i sentieri di Mautàna. E a Tano che spaventato le chiedeva «Quanto dura quanto dura?»

«Quanto la Quaresima dura tanto e quanto la Quaresima» rispondeva Stinca, negli occhi sparvieri il piacere di saperlo intimorito a fronte del suo sangue, il figlio di don Giachino, che si faceva uomo e spavaldo solo quand'era ubriaco e le gridava «t'ammazzo giuro che t'ammazzo... sissignore lo giuro che t'ammazzo...»

E, poi ch'era maggio – aveva partorito alla fine d'aprile – e l'erba era alta a Mautàna, il sangue di lei si raccoglieva nei calici del grano, che imploravano la pioggia, e ne ristorava i chicchi arsi.

C'era stato Tano quando Stinca aveva partorito, sebbene lei avesse fatto di tutto per starsene sola quando, dalle doglie del ventre, pur s'era la prima volta, aveva capito ch'era giunto il momento del parto.

S'era arrampicata sino alla Rocca – non si vedeva affatto ch'era incinta, nemmeno una sporgenza sul ventre, niente di niente – da sola sino all'Accia dove sapeva che facevano il nido la passera e la femmina del codirosso.

Tano non ce l'aveva trovata alla fattoria e poi che negli ultimi giorni gli era parsa strana più del solito come le femmine quando stanno per figliare – non ne capiva Tano di cose di femmine ma così sentiva dire – la cercò di corsa sull'Accia. Di certo era là.

Non era facile scovarla – lo sapeva bene Tano – perché, se voleva fargli un dispetto, si nascondeva per giorni e giorni tra le frasche e la Fastuchèra ed era impossibile trovarla, a meno che lei non decidesse a un certo punto di farsi trovare.

Tano era arrivato da Terranova a mezzogiorno. Lo scirocco sfiniva i pampini nei vigneti di Mautàna come sfiniva le cosce dei garzoni sotto il panno pesante grezzo dei calzoni.

Anche Tano era sfinito, più però perché don Giachino l'aveva fermato al centro della piazza e davanti a tutti – era giorno di festa e uscivano dalla Matrice – gli aveva gridato «Maiale... cosa inutile... dalla buttàna scappi? Te lo dà l'osso oggi? corri... corri... animale che sennò se la fa col massaro e col predicatore nuovo di Palagonia... corri scimunito... senza cervello che la faina te l'ha sucato il cervello... corri corri...»

L'ernia, mentre, per lo sforzo tale gli scendeva grande molla fin quasi al ginocchio che Tano pensava gli potesse cadere lì sul basolato della piazza come la trippa rancida che i macellai lasciavano per i gatti.

Tano la cercò sull'Accia, Stinca. La cercò sul vivo sentiero del suo odore. Nell'aria non un grido non un lamento, non uno spasimo, del resto Stinca non si lamentava mai.

La trovò, infine, le gambe avviticchiate a due alberi di sugheri che grandi massicci pur faticavano a tenersi ritti sulle radici tanto era la forza animale di Stinca.

Le gambe, discoste l'una dall'altra, tradivano tra il sangue del ventre una testa piccola dal tenero pelo, che s'era incagliata tra le ossa del bacino, come battello tra le sabbie d'una secca. Quanto al resto la nuca poggiava su uno spigolo di roccia, come pure il torace.

Quando Tano l'ebbe trovata pensò che, quantunque Stinca lo sfidasse con l'occhio di traverso, in fondo era contenta che lui ci fosse, accanto ai sugheri che s'allagavano del suo sangue come le conche dei limoni quando se ne ristorano le radici con l'acqua del canale.

Forse – si disse Tano – ché con quella gatta randagia ringhiosa non s'era mai sicuri di niente.

Lo partorì, dopo due giorni di dolori, con gli occhi di fuori e tutta sudata, due giorni in cui lei e Tano non s'erano detti una sola parola. Non una.

Lo partorì al tramonto quando la luce furiosa del giorno annegava tra le onde marine sotto il dirupo di Montelungo e timido il lume delle stelle s'affacciava nel cielo sopra Mautàna. Lo partorì come le cagne magre dell'Accia partorivano d'un subito i cuccioli e li lasciavano morire, azzannati dalle faine su per la Rocca.

Lo guardò Janìa, era come un bozzolo di lombrico pieno di bava. Un pezzo di carne rossa di quelle del macello, la coscia d'un agnello o i rognoni d'un toro. Coi denti, con uno strappo netto, serrò quel budello che la legava al bambino che lei aveva appena partorito.

Poi si levò da terra veloce come un animale, senza gemito, senza lamento, come se avesse ripreso più forze di prima. Non uno sguardo al pezzo di carne che, fuori dal suo ventre, annegava tra il sangue accosto ai sugheri.

La sacca dell'utero, espulsa da un'ultima doglia del ventre, scivolò molla sulla coscia e a Tano, che la fissava, parve tale e quale l'ernia di don Giachino.

Tano lo guardava quell'occhio di Stinca sparviero assassino, che neanche i dolori del parto ammansivano, e riconfermò a se stesso fermo come mai che certo, una volta o l'altra, Stinca lo ammazzava o l'ammazzava lui.

Anche a don Giachino, in punto di morte, glielo aveva giurato di fronte ai servi dal corridoio, ché il vecchio non ce l'aveva voluto sul letto di sangue. E lui l'aveva gridato gridato dietro la porta «l'ammazzo giuro che l'ammazzo giuro che l'ammazzo... lo giuro.»

L'aveva promesso al vecchio schifoso che vomitava pezzi di sangue grandi come fegato di maiale, come a rassicurarlo su lui e Stinca, che l'avrebbe finita comunque.

Il volto di Stinca, dopo il parto, era feroce selvaggio come quando, dagli attrezzi sul rampino del muro, aveva staccato la roncola affilata di fino e lui, Tano, che non si timorava neanche di don Giachino, tremava davanti alla lama che luccicava e minacciava morte. Davanti a quella creatura che, muta, lo fissava pronta a tranciargli la testa.

Tano era rimasto immobile, nella stalla, e quasi si offriva alla roncola, quasi lo dava il suo sangue di Cristo a Stinca vorace, assetato campo di spighe che solo la brina disseta ne' calici secchi.

Fermo Tano ad aspettarlo il colpo di roncola dalla lama fina che comunque metteva fine a una storia d'inferno tra di loro, anche se a soffrirne era di certo solo lui. Fermo come quando aspettava il suo dente di lupa nel petto tra il pelo muscoso o nel collo tra l'intarsio delle vene. O nella lingua provata di vino e tabacco.

Pronto sempre, Tano, a morirne di Stinca buttàna e assassina che lo menava su per la Rocca dell'Accia e gli allungava l'osso, ogni tanto, come si fa coi cani.

Con la gonna sollevata ai ginocchi, lordi di sangue e frasca, Stinca volò giù dall'Accia – come solo lei poteva – a Mautàna d'un volo ritto sicuro come il volo delle *ciàvule* di notte, lasciando accanto ai sugheri, Janìa, il figlio appena nato. Lo lasciò ai rapaci della notte che lo finissero a beccate e ne spolpassero il cervello.

Ci pensò poi Semenza a raccogliere il bambino correndo all'Accia come se ci vedesse, pur s'era notte – per lei giorno o notte non faceva differenza – a che le carni del piccolo non le finissero i rapaci di Mautàna. Poi se ne occupò, come poteva, di Janìa, che rimase solo e sempre carne a bruciare al sole di Mautàna. Accosta al pozzo.

"All'isola bella che il sangue impingua
l'abbrivo dei remi mi scorta"

Era morto Tano alla Giunta Municipale di domenica, una domenica di giugno mentre il suo bastardo Janìa campava ancora, tale e quale com'era nato, senza cervello.

Tano era stato composto nel catafalco con un doppiopetto di panno grigio fumo.

Leonora, sua moglie, l'aveva voluto quel vestito. L'aveva comandato a Belluomo, il sarto più fino di Terranova, anni prima quando Tano era vivo e scoppiava di salute e batteva il pugno al tavolo delle delibere.

Era stato in sanatorio Belluomo per via dei polmoni che s'erano marciti come le pere tra la paglia in solaio, ma le dita maneggiavano il tessuto come un musicista il violino. Tra le labbra con la saliva rossiccia di chi ha sofferto il mal di petto, Belluomo ammansiva il filo della spagnoletta o quello più grezzo e spesso, buono a imbastire.

Belluomo, sarto fino di Terranova, cuciva solo per signori. Il tessuto buono lo incantava e quel panno grigio, per Tano Verderame il Sindaco, era de' migliori ch'avesse mai cucito.

Per le asole, poi, – «ché nel doppiopetto contano più de' bottoni» predicava, sicuro, ai suoi garzoni di bottega aveva usato tre matassine di filo Mulinè, quello che usavano le ricamatrici di San Michele di Ganzarìa per il corredo de' signori di città.

Quanto alle maniche Belluomo era proprio un artista. Giravano perfette tonde come tracciate col compasso e cadevano dritte dritte, ché lui gli appendeva il pesino di piombo per tutto il tempo delle prove e le lisciava come fossero colombe.

Era proprio un artista Belluomo di Terranova e a lui Leonora aveva comandato il vestito dicendo «non si sa mai non si sa mai». Parole sibilline minacciose pronunciate con un respiro lungo, tristo, ogni volta più lungo quando si raccomandava a Belluomo «Belluomo vi raccomando un lavoro fino... fino... vi raccomando... non si sa mai... non si sa mai...»

E Belluomo, che alla Morte c'era passato vicino vicino, quanto il pane al coltello, raggricciava ne' pochi peli sulla tigna e stringeva forte nel pugno, contro il malocchio, il piccolo impaccio dei testicoli, scarsi stremenziti, e per natura e per malattia.

Belluomo l'aveva cucito a occhio il doppiopetto di panno grigio per il Sindaco di Terranova, ché Tano alle prove non c'era andato mai. Non se ne discuteva proprio.

Tano ci stava benissimo nei calzoni di fustagno, nella camicia a quadri rossi, nel gilè di rasatello. Anche in Giunta andava con la camicia a quadri arrotolata sui gomiti pur se la gelata seccava le gemme dei carciofi nel carciofeto di Cantalaluna.

Lui, poi, con la tosse secca quale colpi d'accetta sul pino, si tuffava nell'onda gelida dallo strapiombo di Montelungo.

Don Giachino a fronte di quel figlio che gocciava nei panni bagnati d'onda, il ciuffo ribelle sino agli occhi, nella piazza della Matrice, a fronte della sua tosse «Pazzo pazzo... pure il tuffo... così te lo rinfreschi il cervello... ché quella buttàna te l'ha bruciato il cervello come la paglia pe' conigli... pazzo pazzo...»

Leonora l'aveva custodito nell'armadio di ciliegio il doppiopetto di panno grigio tra la biancheria buona del corredo con le pastiglie di naftalina. Ogni tanto Mariannina lo levava dalla gruccia e gli faceva prendere aria – come diceva lei – accosto alla finestra.

Tano era immobile nel catafalco col vestito di panno grigio. Poi che l'avevano portato, morto, la faccia gonfia di morte, bluastra sulle tempie – segno che gli erano scoppiate le vene – Leonora aveva comandato a Mariannina di prenderlo il doppiopetto di panno nell'armadio di ciliegio, e sottovoce, con quella luce infida negli occhi che solo la vendetta può dare o il rancore, o meglio, entrambi "il vestito grigio nell'armadio di ciliegio, Mariannina, va'... l'avevo detto io... non si sa mai... non si sa mai..."

Null'altro, s'era poi ritirata, forse a scrivere un epitaffio per Tano, pur se lo scrittoio scoppiava d'epigrammi tombali – come li chiamava lei – e qualcheduno era scritto insino in greco e in latino, ché dalle Suore Teresiane aveva imparato a scriverlo proprio bene il greco e il latino.

L'uomo immobile nel catafalco non era Tano – si disse Lupo appena entrato nella stanza dov'era esposto il cadavere e dove già faceva corteggio la Giunta Municipale al completo.

Non era Tano imprigionato nel doppiopetto grigio incredibilmente stretto sull'omero perché i muscoli di Tano s'erano fatti grandi tritrignùsi a Mautàna e adesso soffrivano nella manica stretta (su di sé ch'era mingherlino Belluomo l'aveva provata la manica).

Soffrivano sì che s'era dovuto scucirle le cuciture delle maniche e, sotto l'ascella, pizzicarle con le forbici.

Leonora l'aveva voluto quel vestito e ora, con una luce sinistra dentro gli occhi, godeva di vederci strozzato quel bastardo di Tano che vestiva pantaloni di fustagno e la camicia a quadri e andava appresso a quella buttàna di Stinca, che odorava di selvatico come le lepri nella dolina di Luponero.

Infine, ora da morto, poteva fare di Tano quello che voleva. Ora doveva starci con lei, il bastardo, sotto lo stesso tetto, da morto, con le labbra gonfie e la bava cagliata.

Per ventiquattr'ore ne poteva fare quello che voleva. Dopo quasi trent'anni di matrimonio avrebbero passato la notte assieme a Palazzo Rosso – e dire che Tano, le poche volte che v'andava, scappava, prima ch'annottasse, in volo per le scale come un pipistrello di quelli della grondaia.

Leonora l'aveva fatto rasare da Ciccio, il barbiere del Calvario, e la faccia di Tano era liscia come non era stata mai.

Tano era irriconoscibile nel panno grigio che chiudeva il suo collo rugginoso come i pampini della vigna del Castelluccio, tutta al sole, nel doppiopetto severo che soffocava il petto dal pelo rizzuto masculino.

Leonora l'aveva fatto sbarbare a puntino come la cagnetta che aveva la rogna e s'accucciava sul sofà di damasco, con il poco pelo divorato dalle vescicole.

Tano, il figlio di don Giachino, il Sindaco di Terranova, era immobile nel catafalco, col doppiopetto grigio e l'orologio d'oro massiccio Zenit che Leonora gli aveva regalato per il fidanzamento e che per quasi trent'anni era rimasto in fondo al comò nella scatola di velluto blu, come quando l'aveva comprato nella migliore gioielleria di Palermo.

Ora l'orologio gli serrava il polso gonfio di morte, sulla camicia – «che si vedesse che si vedesse!» si raccomandava Leonora – pur se le lancette erano rigide immobili senza vita proprio come Tano.

Tano nel catafalco aveva il doppiopetto grigio l'orologio d'oro e la pelle liscia rasata come neanche il giorno del matrimonio, ma Leonora così ce l'aveva voluto.

Al matrimonio s'era presentato ubriaco e durante la funzione, ogni due per tre, in sagrestia a vomitare e a Lupo che glielo chiedeva se volea maritarla Leonora «Sì... sì... sììììì» aveva risposto in un rauco rutto di vino e di acido. Con Leonora non ci parlava mai, solo qualche «Sì... no... non so... poi si vede... poi si vede... fai tu... fai tu... non posso... fai tu...»

Anche per la malattia di Rosolino e il suo ricovero in una Casa di Cura per malati di mente Villa Madonna degli Ulivi, sbrigativo, già in volo per le scale: «Fai tu... fai tu... vedi tu... non me n'intendo io di queste cose... di vacche so e di mestieri... fai tu» aveva detto e null'altro, pur lo sapeva del male di Rosolino e della sua mania d'esser perseguitato.

Leonora aveva fatto tutto da sola, anche mettere al mondo Rosolino – non tra i sugheri però come Stinca ma sul letto grande con le lenzuola ricamate e un dottore di quelli con la laurea – mentre Tano se ne stava a Mautàna accosciato a quella cagna assassina.

Guidava la macchina Leonora. Era l'unica donna in tutta Terranova e quando passava dalla Scesa si giravano tutti a guardarla nel cappello grande di paglia e gli occhiali da corsa come Nuvolari. E «fimmina coi coglioni» sussurravano, ma piano, con ammirazione, piano perché lei era la nuora di don Giachino, uomo di rispetto in Terranova.

Leonora andava su e giù da Terranova alla Villa Madonna degli Ulivi per i ricoveri di Rosolino e sopportava da quel figlio sventurato ogni patimento, e pur se Rosolino dispiaceri gliene dava tanti, era sempre pronta a compatirlo a giustificarlo quel figlio cresciuto senza padre.

Lo ascoltava Rosolino quando gridava al balcone «Sono Gesù Cristo, Gesù Cristo... ecco il serto di spine... ecco la Croce» e mostrava l'orinale «... Gesù sono... peccatori... inginocchiatevi...» e s'affrettava, con l'aiuto di Mariannina, a prenderlo di peso e portarlo dentro perché ne ridevano in piazza. I garzoni più piccoli gli facevano il verso, pur s'era il nipote di don Giachino e, quando fu morto don Giachino, il figlio del Sindaco, Tano Verderame.

Sempre vicina a Rosolino che, in uno dei suoi attacchi – nel tempo la malattia l'aveva fatto aggressivo pericoloso – l'aveva lasciata a terra con le forbici nel petto, a un centimetro dal cuore in un lago di sangue. Era un miracolo se s'era salvata, «un vero miracolo» dicevano i medici.

Tano non s'era visto neanche allora. Eppure Leonora era stata lì lì a lasciarci la pelle.

Ora, mentre, – questa la vendetta di Leonora – ci doveva stare con lei, buono e ubbidiente e paziente sotto lo stesso tetto, per una notte almeno, dopo quasi trent'anni.

Lupo non s'accostò. Stette sullo stipite, lontano proprio dov'era rimasto Tano la notte della morte di don Giachino.

Stette muto, il pensiero chiuso per chiunque, inestricabile macchia di rovi, secco come la pietraia, il pensiero a Tano che sbraitava alla messa delle sei e si fingeva ubriaco. Dov'era quella creatura animale dal pelo rosso o nero, a seconda dell'umore del petto, a seconda del sole di Mautàna?

Dov'era Tano dal pelo forte come le sue braccia, aspro come le felci della Chiudìa, che odorava di fieno e capretti?

Ora la sua faccia nel catafalco, acconciato di raso, era pallida come Mautàna quando il tramontano agitava i vapori della zolfara di Birribàida, liscia come non era stata mai, senza quei cespi di pelo – nero o rubro, a seconda della luce dell'Accia – che Stinca gli strappava coi denti dal petto dall'inguine, e piccioli ciuffi fiorivano sulla lingua di lei, tra la schiusa vagina delle labbra.

Stinca, poi, per una volta che aveva visto Tano rasato di fresco – era il giorno del suo giuramento da Sindaco – come l'aveva sfottuto!

Preso un maialetto dal porcile, aveva accostato le sue natiche allo zigomo liscio di Tano, con l'occhio furbo malizioso come a dire «culo a culo... culo a culo.»

E poi era scappata all'Accia come un uccello.

Tano, che a Stinca ci teneva più che la vita – poi perché mai? – di corsa appresso a lei, appresso, il soffio del petto forte che quasi lo strozzava e il giuramento di farsela crescere la barba, rizza folta nera o rossa.

Lupo pensò a Tano, che pure c'era stato in qualche

modo nella sua vita, pur con quelle strane apparizioni in chiesa alla messa delle sei, e con la soggezione che vi leggeva stampata negli occhi.

Lupo l'aveva odiato Tano – poi perché mai? – disprezzato – forse no forse sì – l'aveva provocato con piccole astuzie malvagie solo perché quel ragazzone che, la camicia a quadri rossi, il fiato di vino, infilava il bordello di Mimina e transitava gocciolando salmastri umori per la piazza della Matrice e gridava alla messa delle sei «l'ammazzo l'ammazzo», era il figlio di don Giachino.

In specie Lupo pensò a quando l'aveva lasciato al portone la notte ch'era morto don Giachino.

Di proposito non gli aveva dato voce. Ne godeva di saperlo al portone a sbraitare, a latrare come un cane randagio nella notte cheta delle Palme.

Un latrato di lupomannaro come il latrato, muto, del suo cuore in seminario quando don Giachino ve lo lasciava col comando di sempre «Vescovo Vescovo... Lupo... intesi?» e lui, balbuziente com'era, raccolta una grande nassa di fiato «Sissignore... sissignore... sissignore don Giachino...»

Gridava Tano il suo grido di lupomannaro, Lupo, mentre, col Vangelo nella mano fredda, godeva di quell'urlo di bestia che arrivava insino a Portamarina e ce lo lasciava al portone, a rompersi i ginocchi.

Lupo non ci parlava con Tano. Più l'ascoltava sbraitare alla messa delle sei o lo vedeva in piazza quando scappava dalla furia di don Giachino «Pazzo... pazzo... scimunito... appresso a quella buttàna che gli allunga l'osso e lui per amore del lardo lecca il culo alla troia.»

Don Giachino non sopportava d'averlo perso Tano appresso a Stinca. Tano che doveva curare l'interesse dei Verderame e di suo figlio Rosolino che – si vedeva a occhio nudo – non era normale. E invece perdeva il cervello appresso a Stinca e «per amore del lardo leccava il culo alla troia.»

Questo don Giachino glielo diceva sempre anche sul sagrato, glielo diceva pure se poteva sentirlo Lupo, l'arciprete dai modi fini, da vero signore, prossimo Vescovo di Piazza Armerina. Anzi meglio se lo sentiva, in fondo Lupo in un certo modo era della famiglia.

Eppure Tano a don Giachino, che non l'aveva voluto in punto di morte, dal corridoio tra i servi glielo aveva promesso e l'aveva gridato «l'ammazzo lo giuro... l'ammazzo... l'ammazzo... lo giuro lo giuro...»

Lupo era stato spietato con Tano, non che si pentisse – lui non s'avventurava in simili pensieri di pentimento – ci pensava, ecco, ci pensava ora che lo vedeva immobile ubbidiente paziente nel doppiopetto siccome lo voleva Leonora.

Eppure quel bestione, che non sapeva di latino, con lui era stato rispettoso sempre, gli occhi bassi da cane bastonato quando lo vedeva co' paramenti delle feste in chiesa alla Matrice.

La voce di Tano, che pure nel grido scomposto alla messa delle sei gli pareva astiosa, forse era stata un'implorazione, una supplica. Lupo lo capiva solo ora, ora che Tano stava morto nel catafalco.

Tano, nel doppiopetto che ne stremava i muscoli grandi, era stato solo come lui, forse più di lui. Sì, per tutti era stato il figlio di don Giachino prima, il Sindaco di Terranova poi, ma dal padre aveva avuto solo «Maiale... bestia... purpu... verme...» e tutta la proprietà, compresa Mautàna, pur se il vecchio gli minacciava «tutto mi vendo... tutto mi vendo... e Mautàna mi vendo con le vacche le vigne compreso quella buttàna di Stinca... il mio sangue non te lo do... mai... il mio sangue non te lo do... tutto mi vendo...»

Niente don Giachino aveva venduto e Mautàna, come

tutto il resto, compresa Stinca, era andata in eredità a Tano.

E lui, arciprete alla Matrice, che aveva avuto da don Giachino? Il vassoio di pastarelle coi canditi e il corredo da prete e i comandi «Vescovo, Lupo, Vescovo...» e l'affezione maligna che il vecchio esibiva a tutti in paese a che n'avessero rispetto del suo bastardo da i modi gentili fini, il figlio di Mariannina.

«Lupo è uomo di rispetto tale e quale a me» diceva don Giachino in paese. Lupo, però, restava per tutti, in paese, solo il figlio di Mariannina.

«Mio figlio Tano è una bestia... un maiale... non ha un grammo di cervello...» diceva don Giachino. Tano, però, restava per tutti, in paese, il figlio di don Giachino Verderame.

Lupo per l'ultima volta guardò, estremo, Tano, quieto come non era mai nel colorito pallido che solo la Morte può dare.

Lo guardava e forse n'aveva pietà, comunque neanche nel segreto di se medesimo lo avrebbe confessato.

Forse n'aveva pietà di quel pezzo d'uomo che si presentava alla Giunta Municipale coi borzacchini di vitello e la camicia a quadri e che stava, morto, non tra i sugheri rossi dell'Accia che il tramonto incendiava, ma in un catafalco di raso, con un doppiopetto grigio voluto da Leonora, a Palazzo Rosso. Composto nel catafalco come don Giachino, ché anche allora se n'era occupata Leonora.

Lupo sentì che Tano non c'era lì, pur se il corpo s'accismava al catafalco, come aveva comandato Leonora «Per ventiquattr'ore almeno per ventiquattr'ore farà come voglio io... come voglio io... con me e suo figlio giacerà sotto lo stesso tetto... una famiglia... una vera famiglia...»

Tano – Lupo n'ebbe la certezza, mentre i ceri più si

sciogliendo a torno alla salma – Tano era a Mautàna, appresso a Stinca, bugiarda e assassina, che si faceva beffa de la sua pelle se lo vedea rasato e lui, che a Stinca ci tenea più che la vita – poi perché mai? – se la lasciava la barba lunga rizza stigghiùsa.

Era a Mautàna che Tano volea morire ammazzato da Stinca prima che potesse ammazzarla lui. Scannato da Stinca assassina, in una notte di luna, tra cicale dal canto lascivo che quieta insino la serpe fredda del canalone.

"O fasto nobile degli avi
l'antico tuo splendore era segno di nulla..."

Lupo arrivò a Mautàna quando sulla fattoria scendevano già le ombre del tramonto. Uno di quei tramonti di giugno con colori tali che può sembrare stia sorgendo l'alba, se non che lo scampanio di San Giovanni Battista da Terranova annunciava la messa vespertina.

Il giorno era stato lungo assetato come un cespo di ginestra sulle rocce di lava, ma, di solito, la sera a Mautàna rinfrescava. I contadini pigliavano fiato sulla porta di casa dove un timido soffio di ponente li rincuorava come rincuorava i tralci delle viti, le vacche nelle stalle e i garzoni.

Gli occhi fissi al garzone che aveva innanzi, Stinca sedeva su un trespolo, nell'aia, attorno a un tavolino malandato.

Era un garzone appena – lo si vedeva dalle guance grandi come forme di pane fatto in casa – di non più di vent'anni, con l'occhio grosso da bue da cui senza ritegno, come nei ragazzotti alle prime vicende di sesso, traboccava una sensualità rozza e grassa come le sue guance.

L'occhio di Stinca era tutto al garzone, non lo lasciava d'un attimo come la peronospera che s'attacca ai vitigni e li secca.

Stinca non la notò l'ombra nera della tonaca di Lupo, eppure le stava già alle spalle e, davanti a una scodella di minestra, proseguiva in quell'ambiguo scambio di sguardi col garzone, le cui orecchie nel tempo s'erano fatte rosse e accaldate come chi prende il morbillo.

Poi spizzicava piccoli tozzi di pane, del grano duro di Mautàna, e li offriva, inzuppati di minestra, al garzone con gesti lascivi.

La mollica sfatta nel brodo si sbriciolava sul petto del garzone e con indice nudo Stinca ripassava, le labbra di lui gonfie, sbacantàte bavose da un canto all'altro, da un canto all'altro: era un gesto ambiguo che il garzone, crudo di cervello, stentava a decifrare. Nel cielo su di loro, via via che la notte calava, il timido lume della luna.

Sotto il tavolino Stinca, col calcagno aspro del piede, inquietava il piede nudo del garzone, nudo e sudato e sporco di frasche, e ne titillava – ora con sensualità ora per puro sfizio – la caviglia la pianta le dita.

Lascivo indugiava il piede di Stinca sul piede ignaro del garzone che, in un primo tempo, stupiva delle attenzioni di Stinca e si offriva piuttosto cauto timoroso, senza prendere iniziative. Piuttosto la lasciava fare.

Infine, il tempo che il suo cervello crudo capisse, allungò il piede e risalì lesto la coscia di Stinca.

Sotto il piede massiccio del garzone che scalzo camminava per le vigne del Castelluccio, la vena grande di Stinca, blu come il mare, sussultava, come un cuore di piccione, calda di sangue e cavalcava l'inguine caldo, e nudo come sempre.

Il piede del garzone, sporco, sudato arrancava, lento lento per la coscia insino al sesso di lei, alle lascive foglie della magnolia.

Ogni tanto s'arrestava, quella Stinca era indemoniata, e il garzone, come tutti a Mautàna, non poco la temeva quella femmina selvaggia, capace di tutto, anche di piantargli un coltello in gola un attimo dopo se pure un attimo prima lo stuzzicava.

Nessuno del resto a Mautàna poteva dirlo cos'aveva quella nella testa, sicuro che il figlio doveva nascere scemo o pazzo.

Poi con l'occhio di bue interrogava Stinca, come a dire «che faccio? continuo? ancora ancora?» mentre ormai non solo le orecchie, ma le guance gli s'erano fatte sanguigne accaldate, quelle guance sode quali maccheroni di semola col cacio e il basilico. Il sangue di sicuro già alla testa.

Stinca – i pendenti di granatini le sfioravano il collo scarno scavato – aveva una luce sinistra negli occhi – poteva essere piacere o dispetto ché con lei non s'era mai sicuri di niente – e lasciava intendere di «sì... sì», che lui poteva continuare.

Il garzone – sul petto aveva lo scolo del pane molle di minestra – s'animava di coraggio, davanti al piatto di minestra, e spiava le nuove mosse di Stinca e se lo scordava che doveva starci lontano da quella buttàna assassina – come raccomandavano le madri ai picciotti nell'agro di Mautàna.

Stinca, che aveva passato i quaranta, aveva la carne fitta soda come quella delle quaglie nella riserva. Olivastra e lucente come la luna che inazzurrava la Rocca dell'Accia.

Le cosce – non ce n'erano d'uguali nel feudo di Terranova – lunghe, lunghe, prossime al cielo quando stava ritta su d'un picco di roccia o un covone di paglia. Profumate come menta nella tegghia dentro il forno di pietra.

"Ho dato la mia pietà sulle foglie dell'ulivo
e il mio canto di pena sul teschio della luna..."

Lupo guardava il piede sudicio grosso del garzone risalire ora lento, come fiume secco d'acque, ora lesto come le rapide d'un vergine torrente, la coscia luciùsa di Stinca e pensò a Tano, immobile nel doppiopetto grigio, morto prima d'ammazzarla quella buttàna che scuncicàva il piede sudato del garzone. Pensò a Tano che ci teneva a lei più che la vita – perché mai poi?

Pensò a Tano che se la voleva mangiare, e bere, Stinca, come il vino rosso della botte grande, quella creatura dell'Accia, libera come gli uccelli della dolina, che si posava qua e là e che ci stava con tutti, con tutti «al maiale si voleva accoppiare e davanti a me... al maiale... quella buttàna che si crede sperta... al maiale davanti a me... quella buttàna... al maiale se non la fermavo... ma io l'ammazzo l'ammazzo... giuro che l'ammazzo...» l'aveva gridato a lui Tano, tanti anni prima, alla messa delle sei. L'aveva gridato tale che il cuore gli scoppiava, gli occhi lucidi di sonno febbre e pianto.

Tano era morto alla Giunta Municipale, Stinca era viva a Mautàna e Tano non più la poteva ammazzare, non più, pur se l'aveva giurato.

Stinca era un uccello, e si posava qua e là proprio come gli uccelli, a caso.

Stava con chi voleva, come voleva, dove voleva, quando voleva, a provare che era lei la più forte – come se non lo sapessero quelli di Mautàna che per colpa sua c'era morto impiccato al carrubo il giovane predicatore.

"Era, mentre... e chi poteva dirlo cos'era?" pensava Lupo a fronte del piede grosso calloso sudato del garzone che, preso coraggio, più lesto s'avventurava nel pascolo bruno del pelo di Stinca, seguendo il ramo fiorito della vena.

Cosa provava Stinca era impossibile saperlo. Lei, poi, muta, non parlava. Solo i suoi occhi feroci parlavano la lingua del lampo arancione che squarcia i vigneti, della grandine che viola la gemma rossella dell'uva, della lepre che sgroppa ferita dal covo.

Il tempo nell'aia, a Mautàna, era immobile, come lo sputo delle rane nello stagno, e Stinca, col piede al garzone lento di cervello, lo cardava, lana al fuso che l'abile mano addipana.

Lupo guardava Janìa, accosto al pozzo, che scontava nell'incendio delle sue carni, lì a terra, il peccato di Stinca e Tano, che s'accoppiavano come serpi in calore nel fosso. "L'albero pecca la rama riceve" così le contadine di Mautàna spiegavano la malattia del ragazzo nato senza cervello.

Tano c'era andato alla Matrice la mattina dopo che Janìa era nato tra i sugheri all'Accia, all'alba c'era andato e, tra i denti, sottovoce, senza gridare come faceva sempre «Un maschio un maschio è un maschio... Semenza l'ha raccolto all'Accia che a momenti i rapaci della notte a morsi lo strappavano... a muzzicùna... tra il sangue... Semenza l'ha salvato... Semenza...»

La sua voce era bassa, timorosa, più la confessione d'una paura grande, cauto a che non l'udissero le Dame di Carità. Tano, sembrava proprio spaventato quella volta, e implorava Lupo nel suo impercettibile sussurro, e chiedeva aiuto al bastardo di don Giachino, l'arciprete dal modi gentili, da vero signore. E ancora gli diceva di Stinca che quasi ci moriva del sangue di parto, e del pezzo di carne rossa che Semenza aveva raccolto in un fazzolettaccio di cotone.

Lupo pensò che lui e Janìa erano nati allo stesso modo, bastardi cioè, con la differenza che lui il cervello l'aveva.

Il cervello anzi per due cose soprattutto gli era servito, farsi prete e soffrire – che poi le due cose in un certo senso coincidevano. Soffrire come chi è costretto dalla propria intelligenza a capire ogni cosa, non volendone invece capire alcuna, senza l'estremo conforto di potere invocare in aiuto una rassicurante congeniale stupidità.

Nel suo caso col cervello aveva capito subito che Mariannina nata a esser serva, a lucidare le scale di marmo filettato, a lucentare gli argenti dello sparecchiatavola coi polpastrelli nigri, consunti all'osso, a nettare latrine pitali sputacchiere, era sua madre. E poi, altrettanto subito e sempre col cervello, aveva capito con assoluta scienza che non la voleva affatto per madre, Mariannina, che lo trattava con riguardo, ne curava i bisogni e le lenzuola di filo, profumate. E lo serviva con soggezione.

Ma, e nel primo caso e nel secondo, il cervello era stato assolutamente inefficace, impotente quanto a cambiargli la vita. La tonaca nera gli restava incollata addosso per sempre come peraltro Mariannina, col suo puzzo d'aglio, restava sua madre per sempre.

"Fra bava di nubi rosseggia la notte
grida il gufo al suono arguto del flauto"

Lupo, infine, si mosse. Il suo passo era leggerissimo, senza eco alcuna.

Su di lui pendevano rami storti d'ulivo – si dice che l'ulivo cresce storto per non guardare il cielo, i contadini del nisseno lo dicono però, mentre quelli del ragusano dicono che è una fesseria, ma i contadini si sa non sono mai d'accordo su niente.

Mentre il fringuello nell'immobile valle smarriva il suo verso, Lupo lo disse che Tano era morto, e la sua voce aveva i toni composti di quando diceva messa.

Stinca, che pure restò di spalle, solo allora s'accorse dell'arciprete. Lupo non c'era andato mai alla fattoria, ma la notizia che aveva dato sulla morte di Tano ne giustificava pienamente la presenza.

Sul braccio nudo di Stinca come perle scivolarono le briciole di pane, a bagno nella minestra, sfuggendo alla bocca grande del garzone, schiusa come di rondinotto affamato.

Per un attimo la pupilla sparviera di Stinca si distrasse dal garzone che aveva le guance tutte rosse ormai, poi tornò a stuzzicarlo, col piede nudo, sotto il tavolino, mentre le molliche vaghe trascorrevano il chiaro lume della sua pelle.

Non una parola, non la richiesta di particolari sulla morte di Tano, non una qualsiasi esibizione di stupore. Come niente. Tano era morto come niente a giudicare dalla sua calma, e dal fatto che continuava a gingillare il piede del garzone.

"Che c'era da aspettarsi da quella buttàna che scalava a piedi i dirupi dell'Ogliastro, che rifaceva il verso degli uccelli sull'Accia, che già a dieci anni rubava l'ostia sacra nella cappella umida di Mautàna?" pensava Lupo guardando i pendenti di granati che ventolavano, come piccoli cuori di piccione, sul collo di Stinca.

Stinca non gridava non si disperava non si pentiva. Del resto, neanche quand'era stata faccia a faccia col predicatore, fresco di seminario, impiccatosi al carrubo col suo stesso cingolo, aveva dato segni di dolore e pentimento.

Lei non piangeva non gridava non pregava non amava. Ma questo Tano lo sapeva assai bene come sapeva che non c'era da fidarsi di lei e che un'unica cosa si poteva fare con Stinca. Ammazzarla, o esserne ammazzati.

E lui, per quanto lo dicesse sempre, non aveva fatto in tempo ad ammazzarla e, forse, non l'avrebbe ammazzata mai, pur se non la capiva quella diàvula, pur se gli mangiava il cuore.

"Don Giachino aveva ragione" pensava Lupo mentre lei ancora titillava il piede del garzone sudaticcio "quando diceva riguardo a Stinca 'Quella buttàna è il Demonio... il cuore gli mangia a mio figlio... il fegato... il cervello... il sangue gli suca come le mignatte de' salassi... ci muore questo scimunito ci muore appresso a lei...'"

E Tano c'era morto, un po' per le vene in testa un po' per Stinca alla Giunta Municipale, una domenica di giugno.

C'era morto per lei che col calcagno nudo solleticava il piede grande d'un garzone di vigna.

Nell'aia si udì solo la voce di Semenza che stava pulendo delle erbe per il decotto. La notizia della morte di Tano le faceva raggelare il sangue e più si strinse sotto lo scialle di lanina «Gesummaria... gesummaria lo dicevo che il *malupirtùsu* porta disgrazie. Soffiava forte, l'altra notte, nell'Accia come mai di giugno... anche la luna s'era scurata... e le cagne magre latravano come carne arata da morso... il *malupirtùsu* porta lutti... porta disgrazie.»

Le erbe caddero a terra – pure la menta e la nepitella e la porcellana – e l'Orba s'accovacciò al canto di Janìa, lì allo scolo del pozzo.

«Gesummaria gesummaria... gesummaria...» mentre con la mano dura callosa cercava i ricci rugginosi di Janìa. La sua voce aveva un che d'angoscia di spavento e pareva arare il silenzio gobbo di Mautàna con la sua filastrocca

O Angilu Raffaèli
si tu dormi non durmìri
apri la porta e 'dduma 'i cannili

'i cannili su' 'ddumati
li piccaturi chiamanu pietati

«Angelo Raffaele se tu dormi, non dormire apri la porta e accendi le candele, le candele sono accese i peccatori invocano pietà».

L'Orba invocava l'Angelo Raffaele a non dormire, ad aprire le porte, ad accendere le candele, ad accogliere i peccatori che chiedono pietà.

La sua preghiera forse era per Tano che moriva coi suoi peccati addosso, stretti al petto come la camicia a quadri rossi di tela. Comunque fu l'unica preghiera, anche se in forma di filastrocca.

Si sentì nell'aia (la sera scendeva dall'Accia a onde lente) un soffio rauco come di vento lontano che in una parte del mondo sconosciuta provava il suo respiro.

Dal petto di Janìa, dai suoi bronchi, il fiato si fece pesante. La sua laringe si chiudeva lo strozzava e il suo viso, ora, era pallido viola disperato.

Gli occhi di fuori erano lucidi spirdàti, la bava copiosa, a fiumi sul petto, e come se non bastasse torceva la bocca, come Tano, suo padre in punto di morte.

«Ha storto la bocca... ha vomitato nero...» aveva detto il sagrestano sull'improvvisa morte di Tano Verderame, il Sindaco di Terranova.

Janìa, però, non vomitava nero, ma una spuma di bave vischiose gli stringevano la gola, lo soffocavano.

In pochi istanti lo avrebbe ucciso quel nodo alla laringe, pensava Semenza, mentre tutti se ne stavano immobili con la speranza che ci morisse di quel nodo alla laringe.

E lui davvero ne moriva come i cuccioli di bastardo affogati nel canalone, e poi se non bastava a farli morire gli si schiacciava la testa sulle pietre a pelo dell'acqua.

Forse – scemo o pazzo che fosse – con le bave alla bocca che l'ammazzavano, lo aveva capito a suo modo che Tano era morto.

"Il suo cervello, dunque, non era secco come cespo secco di gramigna" pensò Lupo. In una pur piccola zolla quel cervello di bestia era verde, verde? E il nodo alla gola che l'affogava tra il sudore dei capelli e le tempie arse? Nel cervello che ardeva sotto i ricci rugginosi c'era dunque una luce, c'era?

Stinca, invece, ancora al tavolino offriva la coscia superba e la vena blu come il mare al garzone sudato e la sua faccia era dura come i moscardini per la ricorrenza dei Morti, il 2 di novembre.

Era la faccia di sempre, i pendenti infedeli al collo, l'occhio tristo, le braccia bianche lunghe come rami. Nulla in lei tradiva dolore, eppure Tano era morto.

Era la Stinca di sempre, la diàvula al tavolino col piatto di minestra e, di fronte, il garzone della vigna dalle ascelle lascive e sudate.

Lupo c'era andato a Mautàna solo perché gli pareva che Tano glielo chiedesse, con la schiuma alla bocca gonfia di morte, dal catafalco, nel doppiopetto con le maniche scucite sotto le ascelle. Ed era questa la prima cosa che Lupo faceva per Tano. E anche l'ultima.

Ma lei niente, neanche ora che il figlio soffocava. Niente. Muta se ne stava al tavolino, la minestra già fredda. Lupo, poi, la sua voce non l'aveva mai sentita «quella parla solo col Diavolo... solo il Diavolo la capisce... si capiscono lei e il Diavolo...» così dicevano nell'agro di Terranova.

Neanche di che fosse morto Tano aveva chiesto Stinca e pure Tano con lei c'era stato tutta la notte a Mautàna, la notte prima di morire, la più importante certo, perché quando si muore anche lo sputo d'un attimo prima diventa importante.

Tano, il giorno della sua morte, era arrivato tardi da Mautàna alla Giunta Municipale, nella camicia a quadri, dopo la messa di mezzogiorno alla Matrice.

Tutti l'aspettavano nel doppiopetto grigio e spazientivano di sudori. Aveva passato la notte con quella buttàna di Stinca – dicevano in Giunta – ed era rosso in viso, acceso come il lumino davanti alla statua di Santa Rita, e gonfio lui che aveva lo zigomo puntuto, tuttosso.

«Le *sagnette* Stinca... le *sagnette*... presto attaccami le *sagnette*.»

Tano, quella notte, aveva chiesto a Stinca il salasso e le sanguisughe del lago Bivière, un po' serio un po' ci scherzava, ridacchiava.

«La testa mi fumia... Stinca la testa...» e giù, sulla testa una secchia d'acqua fredda del pozzo.

«Ora le *sagnette* se lo succhiano il mio sangue... se lo succhiano... e la testa non mi brucerà più... le *sagnette* se lo succhiano tutto il mio sangue proprio come te lo succhi tu... un po' tu... un po' loro il sangue di Tano ve lo siete succhiato tutto tutto... un po' tu un po' loro... tu demonio lo dissangui in un attimo un Cristo se ti ci metti...» questo diceva Tano con la camicia a quadri allentata sul petto.

Poi si gettò sul paglericcio, stanco, con una fiammella di lume a petrolio in attesa che Stinca gliele attaccasse dentro l'ano le sanguisughe del fiume dai dentini aguzzi e la pelle grigia, perché nel buio sentiero dell'ano più il sangue era denso e copioso, tale che le vene ne scoppiavano.

Le bestiole risalivano l'umido sentiero tra serti bruni di pelo e, allignate alla foce, ove più il sangue affluiva, se ne riempivano fin quasi a scoppiare. E la pellicola grigia del loro corpo, per la trasparenza del sangue, si fece tutta rossa come il rosso petalo dei papaveri.

Poi che talune n'erano piene, lì lì per scoppiare, Stinca con la mano abile e veloce – coi salassi ci sapeva fare – le sostituiva con altre voraci che subito s'attaccavano alle vene, affamate del sangue di Tano. Nel tempo pur minimo che Stinca alternava le sanguisughe, il sangue di Tano dalla vena svirginata gocciolava sulla paglia.

Tano cominciava, via via che s'alleggeriva di sangue, a stare meglio a sentirsi meglio, e la testa non gli bruciava più come prima.

«Stinca... basta basta staccale... tutto se lo sono bevuto il mio sangue... come vino nella botte... tutto... vino buono è il mio sangue... vino buono rosso... basta... la testa ora è leggiera *vacanti* e non brucia più...»

Stinca prese dunque a staccargli le sanguisughe dalle sorgive del sangue, tra il pelo rugginoso delle natiche, rizzo come alghe tra il gorgo de l'onde inquiete del soffio di ponente.

In un attimo, le bestie, lubriche di bava e sangue, immote si posarono sulla segatura, in fondo alla boccia.

Tano di fianco, la faccia bruna in dentro il paglievicciio, sentì (ormai quasi sopito, senza più dolore alla testa, con la faccia che quasi albicava allume scarso d'olio) una fitta, un morso aguzzino come di dente o trappola per conigli selvatici, di quelle che i braccianti di Mautàna lasciavano qua e la nelle macchie della Chiudìa.

Pensò, mentre la fitta gli serrava l'inguine torno a torno, prossima già all'estremo ronciglio del suo pene, che di Stinca non c'era da fidarsi mai... era un demonio proprio come diceva don Giachino. Di lei non c'era da fidarsi mai... certo non aveva riposto le bestie nella boccia di vetro, e ora una sanguisuga, risalendo il pagliericcio, cercava nova foce al pasto ingordo di sangue sul suo membro inerte, lento sul crino del pagliericcio.

Il morso, via via che passavano i secondi, più si facea risucchio, come il mulinello de l'acque salmastre, a est del pontile nei giorni di bonaccia, si facea beccata d'uccello non più tra le natiche, ma proprio sulla carne viva del suo sesso.

Di scatto si levò e pensava di trovarci, sul suo sesso, allippata al suo stelo di carne, la sanguisuga proprio sul ronciglio estremo, su la foce degli alati umori, da dove il suo nervo già annunciava l'impaziente turgore della monta, che le persone istruite di Terranova chiamavano amplesso. Certo era che, fosse chiamato in un modo contadino o in un modo signorile, i sintomi erano proprio identici. Un febbricolio, uno spasimo, una torma di belve crudeli, Erinni alate e altro, che i maschi, con sicumera e non poca stolidità, pensano di potervi chiarire assai meglio di me. Ma torniamo a Tano.

Lo stelo del suo inguine era fitto come spiga di granturco, che la pioggia ingrassa nel chicco rigonfio, pieno come *mastazzòlo* di vincotto noci e fichi secchi per le feste di Natale. Il colore era il sanguigno de' ficodindia di Mautàna, rossi nel lucernaio verde del cielo. Il peso era tale quale sasso che l'acqua inviolata ferisce e d'un subito al fondo s'ammansa.

Ci trovò Stinca, Tano, sul nervo in piena. Ci trovò il suo dente di lupa alla foce umorosa dell'inguine. Tale aguzzo, puntuto, 'mmirriato, siccome piattole sulla tigna dei cani.

Stinca, nella trappola delle labbra, lo serrava il nervo grande di Tano tra l'aguzzo pungiglione dei suoi denti d'avorio. Ne spariva l'acuto ronciglio, la polpa rossastra furente in dentro la buia spelonca della gola che l'umore lascivo della lingua precipita a valle.

Inerme era Tano a fronte degli occhi maligni di Stinca, occhi di lupomannaro nelle notti di luna piena. Inerme e pavido era Tano a fronte di quei dentini che or lo ferivano or l'animavano or l'ammazzavano come timido parto d'anguilla che cede la vita alla furia lucente dell'amo.

Intorno, strisciavano vaghe, tutt'intorno, le sanguisughe in fuga dalla boccia di vetro che Stinca aveva lasciato aperta. «Non ti brucia la testa vero... vero...? ora Stinca ti guarisce Stinca... Stinca ora tutto te lo succhia il sangue tutto... e ti guarisce... ti guarisce...» pareva dire in un accenno minimo di sorriso che più era furfanteria, la bocca più e più allippata al sesso domato di Tano.

"Ho baciato i piedi del Signore
ho costruito una croce di viole"

Semenza lo salvò Janìa. Lo salvò col laccio della vipera, come già altre volte. Solo il laccio poteva sciogliere il nodo della laringe e salvargli la vita.

Semenza aveva imparato a preparare «il laccio della vipera» com'anche a conciare le ossa dalla Canaria dottora, ch'era una vera scinziata, che solo coi suoi occhi s'era arresa. La Canaria glielo aveva detto quando Semenza, subito dopo la terzana maligna, c'era andata per imparare «il nodo della gola si scioglie solo con la bava della vipera.»

E, come niente, la vipera gliel'aveva accostata allo zigomo accosto allo zigomo, alla tempia, perché se non la vedeva la potesse almeno sentire.

«Picciridda... la vipera non ti deve spaventare... ecco la senti... è piccola è un frutto della natura come la porcellana di fiume o la passera scopaiola o il pettirosso... Iddio ce l'ha dato il veleno come ha dato le ali ai colombi e la coda alla vacca... toccala senti senti? è picciridda come te... e trema la senti?... la senti?...»

Semenza, a dire il vero, era morta di spavento, ma non lo dava a vedere, voleva invece mostrarsi forte e spavalda con la Canaria che la insegnava da dottora.

«Semenza Semenza... dall'odore la devi riconoscere... tutti gli animali si conoscono dall'odore... la vipera ha l'odore del sudore salato agrigno dei picciotti quando sono in calore come i cavalli... odore forte che non si scorda più... senti senti? ti prende le narici e non lo scordi più...»

E lei, a denti stretti, mordicchiandosi le labbra sottili sottili – che non piacciono ai picciotti – vinceva ogni riluttanza e lisciava la vipera e si mostrava forte di petto, pur di piacere alla Canaria.

«Di venerdì di marzo – solo di marzo ricordati che sennò non è buona – la devi prendere, viva, e serrarle il collo con un laccio e appenderla su di un ramo all'aria. E pungerla alla coda con uno spillo che s'inquieti e morda il laccio a ritta e a manca e ci lasci la bava e il veleno. Poi lei muore, il sole la secca e il laccio è pronto.

«Il laccio, Semenza, serbalo con cura ché il veleno della vipera scioglie il nodo della laringe libera il respiro e salva la vita.»

Le ricordava a fuoco le parole della Canaria che spiegava lenta chiara, la voce sicura solenne come leggesse il Vangelo, meglio dei predicatori di città che arrancavano a Mautàna per la Settimana Santa.

La Canaria le aveva insegnato a preparare il laccio e molti s'erano salvati con la bava della vipera, anche dagli agri vicini. Con il laccio Semenza aveva pure salvato l'unico figlio dello speziale di Terranova, che soffriva d'epilessia e si strozzava delle sue stesse bave.

Lo attorcigliò al collo di Janìa, il laccio, non senza sforzo perché Janìa s'agitava si scoteva. Qualche minuto – era già sera e l'ombre del carrubo coprivano per intero il muro a ovest della fattoria – qualche minuto e le carni del ragazzo si chetarono, come i marinai quando toccano terra e ne escono vivi dalla *ddraunàra*, la terribile tempesta di mare.

La bava gli uscì tutta quanta, la bocca di Janìa restò asciutta, senza traccia di scolo e il respiro, poco a poco, tornò mansueto lieve ora che la tempesta del fiato era passata. Anche la testa s'agitava meno e Semenza rimase accosto a lui, la mano callosa tra i riccioli sudati.

Terranova 27 giugno 1921

MUNICIPIO DI TERRANOVA DI SICILIA

CITTADINI

Il nostro concittadino intemerato Cav. Uff. Tano Verderame che per i suoi distinti meriti venne innalzato all'altissimo ufficio di Sindaco ha cessato di vivere!!

LA GIUNTA MUNICIPALE

rendendosi interprete del sentimento di generale cordoglio, avendo deliberato di prendere parte al lutto per la perdita dell'illustre Estinto che fu lustro e decoro della sua terra natia, nel rendere di pubblica ragione la triste notizia invita la cittadinanza ad intervenire ai funerali che avranno luogo domani 28 giugno alle ore 11 nella Matrice d'onde muoverà il corteo per l'accompagnamento della salma all'ultima dimora.

Per la Giunta Municipale
Prosindaco dott. Turrumè Vincenzo

La Giunta si adoperò a che solenni fossero i funerali del Sindaco di Terranova Tano Verderame, perché infine – come malignavano i Terranovesi la sera in piazza, se n'erano liberati di quel pazzo che li convocava all'una di notte, che li stremava di delibere e sudori.

In prime nominò due commissioni, una per organizzare il corteo e diramare gli inviti, l'altra per l'addobbo dei balconi e delle finestre sulle vie interessate dal corteo funebre, in specie la Scesa della Passione, la prima strada del paese, che portava ritta al Camposanto, a ovest di Terranova, dove si doveva tumulare Tano Verderame nella cappella di famiglia, accanto al padre don Giachino che, vivo, lo chiamava maiale.

La Giunta deliberò, altresì, la somma di lire 775,25 per le onoranze funebri a spese del Comune e lutto municipale per un mese durante il quale periodo doveva restare abbrunata ed esposta nel palazzo di città la bandiera nazionale e vestiti a lutto i banchi della Presidenza e dei Consiglieri.

Deliberò di titolare a imperitura memoria del Cavaliere Ufficiale Tano Verderame, che per pubblico bene offriva in olocausto la propria vita, «via Tano Verderame» quella denominata del Cardo e apporre quattro lapidi col nuovo nome della via a Porta Ospizio, ai cantoni sud est di Palazzo Rosso, La Mantìa e Inguaggiàto, e all'angolo nord est di Palazzo La Lumìa.

Alle undici in punto si mosse da Palazzo Rosso il corteo, un'onda scura lenta d'uomini in panni scuri – come volevano le solenni onoranze funebri – scuri come polipi di scoglio, appresso al feretro.

Tano ce l'aveva fatta! La lunga notte con Leonora a Palazzo Rosso era finita, già scontata, e infine l'aspettava il Camposanto dopo la funzione del suo funerale. E dire che lui in chiesa non ci metteva piede se non per gridare di Stinca che un giorno o l'altro la dovea ammazzare quella buttàna!

C'era stato in chiesa per il suo matrimonio con Leonora, per modo di dire c'era stato, stordito di vino, ogni due per tre a vomitare in sagrestia.

Neanche per i festeggiamenti della Madonna della Speranza o del Corpus Domini andava alle funzioni, solo alla processione andava, in prima fila con la fascia tricolore sul petto, i borzacchini ai piedi, la Giunta alle calcagna e i sudori dei Terranovesi, in corteo dietro di lui ch'era il Sindaco.

Ora che era morto, Tano ci doveva stare nella cassa di noce, buono paziente nel doppiopetto grigio di lana, con Leonora e sua madre e quello scemo di Rosolino in prima fila a destra, di fronte all'altare.

Rosolino, quello scemo mezzo pazzo che, se gli andava, non ci pensava due volte a nettarsi il naso durante la funzione, e l'unghie pure con lo spillone della veletta nera di Leonora. E Leonora, zitta ubbidiente con quel figlio scemo che, da quando aveva le crisi, le aveva piantato le forbici per potare a un centimetro dal cuore.

Rosolino non era scemo ché aveva studiato con profitto da i Padri Gesuiti dal primo ginnasio al terzo liceo e per la musica aveva una vera passione, soprattutto per i concerti della banda e gli strumenti a fiato – ottavino flauto clarinetto corno flicorno e, naturalmente tromba e trombone.

Sempre a Palermo aveva frequentato i corsi del Conservatorio sotto la direzione del Professore Prestigiacomo, maestro di flauto e ottavino e, finché il cervello non gli s'era aschiàto, bruciato come le gemme del mandorlo per la gelata, aveva studiato direzione d'orchestra e composizione perché il maestro Prestigiacomo, un ex seminarista di Pietraperzia, anziano e piuttosto trasandato – i colli delle sue giacche erano pellucidi di sugna e lisi e seminati d'un precipizio di forfora abbandonata dai capelli restii alla lavatura – lo portava al Politeama per i concerti d'inverno e alla Villa Margherita per i concerti d'estate.

Finito il concerto, il cannolo e la granita di limone al Gran Caffè, lo riaccompagnava in Collegio.

Il conto del Caffè – dessert cannoli cassata sfoglie con la ricotta bibite fresche – poi, assieme all'onorario delle lezioni, lo pagava la madre di Rosolino che era ricca – la fiutava il maestro Prestigiacomo la ricchezza dallo spreco de' profumi, dalla larghesìa del portafoglio dalle scarpe di capretto lucido senza grinze – che era ricca e glielo aveva raccomandato con infinita apprensione «Non bado a spese non bado a spese... Maestro... purché gli facciate compagnia e lo portiate a spasso... e Rosolino n'abbia vantaggi è un buon figliolo Rosolino sapete... ma è tanto solo... suo padre è uno sciagurato... non se ne cura... non lo cerca mai... e allora voi potreste fargli compagnia... Rosolino erediterà una fortuna una fortuna.»

E Prestigiacomo, poi che usciva già per portare a spasso il cane Garibaldi alla villa per i suoi bisogni – piscio o altro – si portava appresso Rosolino e ne aveva ogni giorno il trattenimento al Gran Caffè col vassoio di pastarelle e il cameriere in livrea.

Il maestro Prestigiacomo era tanto tirchio quanto goloso soprattutto perché lo travagliava il diabete e, quando il cameriere con lo stemma ricamato G.C. del Gran Caffè portava il vassoio con i pasticcini da dessert, lesto, ne faceva sparire tra le tasche, olenti di naftalina, quelli alla crema di burro e cioccolato per la notte, se mai, dopo il clistere con l'olio e acqua calda, avesse ancora fame. E di solito ne aveva.

Il clistere lo faceva ogni sera da sé. Appendeva la boccia al paralume al centro della stanza e, quanto al becco, che qualche volta gli scappava – l'ano era lasso scotto – e gli allagava il materasso, se lo cacciava dentro d'un botto.

«Ogni sera Rosolino il clistere... ogni sera... dopo la preghiera ché il clistere netta i visceri, il diabete aggalla per via dell'olio e il clistere lo caccia via... e non c'è bisogno di danari per lo speziale... il clistere Rosolino è una benedizione...»

Questo era di solito l'argomento principe delle conversazioni durante il passeggio alla Villa per il piscio del cane. Cento volte Prestigiacomo glielo ripeteva «il clistere fa bene fa bene e tiene in buona salute e che le budella vanno lavate come le camicie ogni giorno... ogni giorno...»

Prestigiacomo veramente le sue camicie non le lavava mai, sudice nel collo come nei polsi, schizzate del sangue della barba che vi seccava e non si toglieva più.

Poi quando alla Villa il custode chiudeva i cancelli e il cane aveva fatto un ultimo piscio «Forza Garibaldi» Garibaldi era il cane vecchio quanto il suo diabete «un altro sforzo... Garibaldi... ancora che sennò di notte mi tocca uscire... forza Garibaldi...»

Lo accostava a una quercia col fusto bruciato dal piscio dei cani – il fetore agrigno d'attorno non si poteva patire e "pisss... pisc... pisc... piscccccccccc" fino a quando il cane rassegnato, convinto da qualche pedata agli stinchi, tirava dalla vescica assolutamente vuota qualche vaga goccia d'orina.

Queste erano le passeggiate di Rosolino con Garibaldi e Prestigiacomo.

Anche quando, finito il Liceo, Rosolino tornò a Palermo nella clinica Villa Madonna degli Ulivi il maestro Prestigiacomo – il cane Garibaldi era morto di vecchiaia – se lo passava a prendere ché non volea rinunciare alle pastarelle del Gran Caffè e gli parlava, come sempre, del clistere e di Garibaldi ch'era morto beato nella cuccia, cieco, che era morto di vecchiaia.

«Che bella morte Rosolino quella di Garibaldi... che bella morte... pensa nel sonno è morto nel sonno proprio come i buoni cristiani... ma io campare voglio di più di più... poi... poi per morire... c'è tempo c'è tempo...»

Ora che Rosolino era ricoverato in una clinica per malattie mentali, tutto sommato – pensava Prestigiacomo – il ragazzo non era diverso da prima, perché già ai tempi del Liceo proprio perfetto di mente non era, taciturno, solo di flauto e flicorno e tromba parlava, anche davanti al vassoio di pasticcini con la crema, sì che se li scordava e non ne toccava neanche uno.

Anche ora, che era diventato pazzo – di lievi turbe mentali lo aveva rassicurato il direttore della clinica – parlava solo di strumenti a fiato, pure se non studiava più al Conservatorio, e ai concerti della banda, a Piazza Castelnuovo, s'agitava e, con le mani per aria rifaceva le mosse del Maestro.

Cose strane, quand'era con Prestigiacomo, Rosolino non ne faceva e poi che la madre lo aveva pregato «Gli fa bene la musica... Maestro... guarisce coi concerti... ve ne prego» in più poi Prestigiacomo non voleva rinunciarci al Gran Caffè «Voglio morire sazio e contento» diceva sempre, se lo passava a prendere ogni giorno, fino al gran concerto di Santa Rosalia, diretto dal maestro illustrissimo Bonsanti, discepolo di Toscanini.

Se fosse stato il caldo torrido di luglio, se fossero stati i fuochi d'artificio al porto, se fossero stati i timpani in *mi* e *si bemolle* nella *Zingaresca della Preziosa* di Weber, e nella *Marcia Turca* della *Ruine d'Atene* di Beethoven, o il rullo dei tamburi nella *Congiura degli Ugonotti* di Meyerbeer se lo chiese per un bel po' di tempo il povero Prestigiacomo in quanto, a metà concerto, Rosolino, con un balzo da felino, salì sul palchetto e voleva dirigerli lui i musicisti.

Gridava s'agitava e pur magro e mingherlino com'era – aveva la statura corta di Leonora – ci vollero due Guardie Municipali, ben messe in carne, a chetarlo, mentre sul palco a destra e a manca erano finiti, spartiti e strumenti. E, chi qua chi là, riparavano al sicuro i musicanti.

Quanto al maestro Prestigiacomo fu quella l'ultima volta che vide Rosolino ché ci teneva a morire «sazio e beato» di vecchiaia, il più tardi possibile, proprio come era morto il suo cane Garibaldi.

"Tramuta nel vento
la speranza della sera..."

Il corteo funebre si mosse da Palazzo Rosso alle 11 in punto, secondo il passo cadenzato di due reali carabinieri in grande uniforme con le insegne del Comune.

Seguiva una colonna di 14 rappresentanze. Un drappello della Guardia di Finanza, le Donzelle Orfane di Santa Chiarìna, la Banda di Riesi, l'asilo infantile, le Scuole elementari femminili, le Scuole elementari maschili, gli alunni del Convitto Principi La Lumìa, le Scuole liceali e tecniche, la Società operaia, i Militari in congedo, i Garibaldini, la Presidenza del Tiro a segno, la Banda di Terranova.

Dietro la corona: il Maggiore, il Prosindaco, il Sottoprefetto, il Pretore, i Sindaci di Butera Niscemi Mazzarino Sommatino, la Giunta Municipale, il Consiglio Comunale, i Capitani, l'Ispettore delle Gabelle e il Tenente dei R.R. Carabinieri, il Capitano del porto e gli Ufficiali, il Corpo Consolare, gli Ordini Cavallereschi, la Congregazione di Carità, i medagliati al valor civile e militare, gli ex Consiglieri comunali, i Capi di uffici governativi e municipali, la società Unione e Coraggio i Notabili i Cittadini e la Truppa.

Poiché la folla non poté entrare al Tempio fu stabilito di effettuare nel tardo pomeriggio una benedizione straordinaria a che tutti i Terranovesi potessero partecipare alle onoranze funebri.

Così Tano Verderame dovette scontare, oltre che la notte con Leonora, un supplemento di benedizione, lui che non ne pativa neanche una.

Nella piazza della Matrice la folla assiepata ribolliva strepeava come, per i temporali d'inverno, straripano i fiumi, che l'acqua del cielo ingrossa dopo lunghe secche estive.

La piazza della Matrice non era stata così stremata di folla neanche per la festa della Madonna della Speranza, quando vi si teneva la cuccagna o l'asta per il porco.

Alle 11,30 sul sagrato della Matrice cominciò le orazioni funebri – quattro ne portava il programma, sul sagrato, ai piedi del catafalco, sul feretro, all'uscita del Tempio – il Prosindaco dottor Turrumè Vincenzo, speziale in Terranova.

Nella piazza ombrelle di telo grezzo si aprivano su teste calve di tigna – c'era da starci ore al sole. Le autorità, mentre, si cuocevano, immobili, tra i sudori dell'afa secondo il cerimoniale, e ciascheduno inseguiva, col pensiero gassose fredde del chiosco e un pediluvio al lago Bivière, se mai ne fossero usciti vivi.

Il Prosindaco sgolava dell'Illustre Estinto «mirabile esempio di virtù civili e domestiche... spese la giovane vita in febbrile lavoro per la benamata città di Terranova... nato da famiglia sacrificata sull'altare della Patria per patriottiche aspirazioni... Sindaco eccellente... incurante della folgore della morte che lo ghermiva, col nero artiglio, sul seggio di primo magistrato... sacrificio... abnegazione... olocausto... fibra di cavaliere antico... che fato infausto recise...»

Poiché la sua tigna si chiazzava di macule violacee come le melanzane della Piana e si temeva per il Prosindaco, grasso e corto di fiato, il colpo apoplettico, la mano pietosa d'un usciere aprì sopra di lui l'ombrella, risparmiando quel che restava della tigna.

A lui, proprio a lui era toccato, come Prosindaco, il peso più grande di parlare sul sagrato al sole, agli altri, mentre, che pure non soffrivano d'asma e gotta come lui, l'ombra e le correnti del Tempio a lenirgli i sudori.

L'eczema eritematoso che lo speziale aveva tra le cosce, proprio a valle dell'inguine, non gli dava tregua sotto i calzoni di lana e, fidando nell'usciere che sullo scalone più basso gli si addossava, coprendogli l'inguine, si grattava a sangue.

Lo speziale Turrumè, Prosindaco di Terranova, era grasso già da bambino e la pelle, nel punto d'impatto delle cosce, s'era tale consunta, tale annerita che non più bastavano gli impacchi di linosa e borragine dell'Orba di Mautàna a sanare le vescicole piene d'umor giallastro.

Nei calzoni di lana nera, siccome dettava l'adempimento dell'uffizio di Prosindaco, la pelle si stufava tale che le vescicole scoppiavano come i funghi porcini con la benedizione delle prime pioggie settembrine e il liquido giallognolo, giù per la scesa delle cosce, s'appiccicava ai peli fiacchi del poveruomo e ne mieteva brandelli di carne.

E lui or pallido or rubido or paonazzo li sopportava i suoi dolori come Gesù al Calvario e si sgolava per finirle, tutte quante, le venti pagine di *Compianto*.

In cuor suo lo speziale lo stramalediva quel pazzo di Tano che riuniva la Giunta all'alba come di notte, che non rispettava le sante feste e che, in ultimo, moriva in piena estate con un sole come non s'era visto, dalla siccità del '15, a Terranova.

All'angolo della piazza, davanti quasi al bordello di Mimina, si vendevano asparagi e mazzetti d'origano – i venditori dell'agro di Terranova non la potevano perdere la giornata – e l'aria soffogava de' loro odori come dei sudori d'ascella, odor di beccume s'erano braccianti, odor di verza scotta s'erano massaie.

Molte c'erano andate al funerale del singolare figlio di don Giachino che, con tutte le sue stranìe, era stato un buon Sindaco per i Terranovesi.

Il Consigliere Pirraino Girolamo, di mestiere fornaio, commentava, corposa la voce, all'orecchio dell'Assessore Insinga Liborio, le fesserie dello speziale riguardo al defunto «Sentite, compa'? ... Tano Verderame fulgido esempio di virtù domestiche... Lui che a casa non ci andava mai... che il figlio s'è presa la pazzia per colpa sua... manco quando l'hanno battezzato c'è andato... Rosolino ora con tutto ch'è pazzo... qua è al funerale è a fare il suo dovere di figlio... mentre la bestia il suo dovere di padre non l'ha fatto mai... tanto ci pensava don Giachino alla nuora e al nipote sventurato... orfano, orfano si doveva contentare Rosolino... che un padre così... meglio niente... niente e il ragazzo se l'è presa, *o bona o nenti*, la pazzia... fino a quando c'era don Giachino che aveva due palle così... grand'uomo don Giachino... ma ora sempre peggio... appresso alla banda... e a casa... compa' lo sapete che a Palazzo Rosso hanno levato di mezzo coltelli forbici insino le forchette... non si sa mai... e dopo il ferimento della madre anche la servitù voleva scappare... poi sapete... com'è... un po' per Donna Leonora... un po' perché tanti sono i guai e pochi i danari... c'è rimasta la servitù... guardatelo quello sventurato di Rosolino... con questa pena c'è morto don Giachino... vedete compare? Rosolino guarda la banda, e fa l'assolo... del funerale non capisce niente...»

Ai piedi del catafalco dentro il Tempio fu la volta di don Niccolò Palmerino che meno di tutti lo soffriva il caldo. Era magro come un'anguilla di saja, nero, il naso affilato, un occhio di vetro, ché quello suo l'aveva lasciato in trincea, trapassato da una baionetta austriaca nel '17.

Asciutto, con il borotalco sul collo che si vedeva da

un miglio almeno, teneva stretto tra le mani il suo Elogio Funebre, un malloppo grande quanto un carteggio.

Lo guardavano di malocchio perché sapevano della sua fissazione di scrivere e chissà quanto sarebbe durato il suo *Compianto.*

«E dire che ha un occhio solo...» commentava il Consigliere Rotunno Carmelo... e il fiato restava a mezz'aria come a dire «avesse perso pure quell'altro!»

Incurante delle occhiatacce Niccolò Palmerino pensava che lui sì, Grande Invalido di guerra, s'era sacrificato per la Patria, insino l'occhio aveva dato alla Patria e ora s'adattava con uno di vetro che bisognava insaponarlo ogni mattina, assieme alla dentiera.

Lui sì ch'era stato fulgido esempio di virtù civili non Tano Verderame come aveva detto con la più grande faccia tosta il Prosindaco, che ci sperava proprio di fare il Sindaco di Terranova, per dodici anni vice, anche con l'altra Giunta.

Ora ora ch'era morto Tano se ne stava quieto nella bara, da vivo ubriaco, strillone, sporco, un mendicante pareva per le strade di Terranova, con la camicia a quadri e il petto nudo, pur s'era la gelata di gennaio.

Tutti lo sapevano a Terranova ch'era uno sbandato, un buono a nulla; quanto a coraggio, poi, tutt'al più con qualche toro a Mautàna s'era misurato, mica con le baionette degli austriaci come lui che v'aveva lasciato un occhio!

Poi con la morte del padre s'era dato arie, aveva messo la testa a partito e governava lui solo da padrone in Giunta con la scusa che il lavoro era tanto e andava fatto subito. E i Terranovesi a impazzire, a venerarlo quel caprone, che li accontentava come un padre col figlio scemo.

Lui, mentre, che un occhio aveva lasciato sul sacro altare della Patria, quei muli de' Terranovesi per Sindaco non ce lo volevano.

Lo speziale volevano, grasso con l'asma e la gotta e i giorni contati, che si faceva curare da Semenza l'Orba dottora, lui ch'era dottore vero, con la Laurea dell'Università.

Poi col carteggio in bella mostra cominciò. Il suo italiano era fino, le parole studiate una a una – era anche poeta e scriveva poemetti di storia patria – i periodi lunghi eleganti ad ampio volteggio come quelli di Cicerone – gli diceva il professore di latino al Convitto dei Padri Salesiani.

«La Giunta Municipale ha affidato alle mie forze misere il grande offizio di commemorare l'illustre Nobile Impareggiabile Uomo che un fato crudele di morte ha rapito all'affetto dei suoi cari e dei Terranovesi tutti. Chieggio il vostro compatimento... la vostra benevolenza se ardisco parlare di cotanto Uomo che ben altre voci onorare devono

CITTADINI

il pensiero del Suo seggio diserto, vestito a lutto, attrista l'animo mio non meno che il Vostro. Il nostro amato Sindaco, Cavaliere Ufficiale Tano Verderame, nostro timoniere, nostro pilastro invitto, Cesare d'una epopea amministrativa di grande lungimiranza non è più... rapito...»

La testa tonda calva, le labbra sottili cucite sì che a pena il tracciato se ne scorgeva, il Gran Croce non perdeva di vista neanche per un attimo Rosolino.

Il Gran Croce – come lo chiamavano a Terranova – era il Commendatore Candelora Failla Verderame, per via di madre lontano parente di don Giachino, Cavaliere di Gran Croce della Corona d'Italia.

In realtà era un gran filibustiere, uno che, finito d'arrangiare truffe, viveva d'usura e non risparmiava nessuno.

All'osso spolpava chi per avventura gli chiedesse danari e poi che, usciti dalla guerra in molti v'andavano a imprestarsi danari, s'era fatta una fortuna.

Il vestito del sarto Belluomo, l'orologio con la catena d'oro, il Gran Croce si vedeva al tramonto nella piazza della Matrice che a quell'ora si stremava di braccianti e terrazzieri in cerca di lavoro.

Aveva l'occhio lesto, aguzzo non meno che l'odorato fino, proprio da vero strozzino. Da lontano studiava le mosse i gesti di quanti erano sulla piazza, ne intuiva ne fiutava il bisogno il debito e, infine, s'avvicinava a offrire i suoi danari.

Qualcheduno, già a vederlo avvicinarsi da lontano, scappava come innanzi a un corvo in cerca di carogne, i più – ché la fame era grossa quanto i debiti e il danaro magro quanto il piatto di minestra allungata con l'acqua del pozzo – ci cascavano nelle grinfie del Gran Croce, ch'era un gran bastardo e non gli dava pace sino a che non gli strappava la carne di dosso.

Ai garzoni, però, s'erano bruni ricci muscolosi e buoni per la monta, gli allungava il tempo della restituzione perché, oltre tutto, era un gran porco, gli piaceva fargli da femmina, nel letto grande, e offrirgli le natiche come la vacca col toro.

Lui li aspettava, di sera, nel palazzo sulla Scesa che aveva avuto in cambio d'una somma ad usura con gli interessi alle stelle, per via che il danaro non gli era stato più reso, da un notabile di Terranova.

Li sfamava i picciotti il Gran Croce con tanta minestra e un boccale di vino anche questo nel suo esclusivo interesse, perché, così ristorati, ripigliavano forza e la resa della monta diventava eccellente.

Sempre a due a due li riceveva perché, diceva, «uno

non è buono manco in Paradiso» e ancora «a due a due si bevono le uova calde calde e fanno sangue.»

In verità temeva d'essere ammazzato – a Terranova tutti lo dicevano che un giorno o l'altro finiva ammazzato il Gran Croce – e poiché in due si custodiscono male i segreti si sentiva più al sicuro con due alla volta.

Talora, se il garzone era ancora ingenuo di sesso e lo pigliava in simpatia, gli dava grosse costate di vitellino «Mette... sangue... mette... sangue... mangia... bravooooo... mangia... vedi com'è generoso il Gran Croce coi bravi picciotti... mangia mangia...»

Mentre, quando gli dava la costata, pensava solo a se stesso perché il garzone, abituato alla minestra di cavolo, poi gli si mostrava riconoscente sopra la coperta all'uncinetto.

I garzoni ci andavano dal Gran Croce senza fare storie, non gli costava niente, e in più, s'era di buon umore, n'avevano pure una costata al sangue sulla carbonella. Al bordello di Mimina, mentre, bisognava pagarli i favori delle ragazze, pure se non tanto. Erano di buon cuore le ragazze e la conoscevano la paga dei manovali, misera, scarsa, buona solo a non pesare sulla famiglia.

A liberare gli umori dell'inguine, pieno e impaziente, come ce l'hanno i picciotti, per i più non restava che il Gran Croce, o la capra nella stalla tra lo sterco de' vitelli.

E poi che la capra non sempre era mansa e gli lasciava addosso peli e puzzo di ricotta, preferivano la coperta all'uncinetto di filo del Gran Croce e la costata di vitellino grande due volte una mano.

Lo fuggivano come il malocchio il Gran Croce quando, alto quasi 2 metri, s'affacciava sulla piazza, girando da una stradina laterale, e annusava la disgrazia come un cane la faina.

Li temevano a Terranova i suoi toni gentili, la sua

finta compassione, le parole in sottovoce dai toni rassicuranti «Il Gran Croce ti dà una mano... ti salva coi suoi danari... poi glieli rendi poi...»

I più ingenui firmavano senza neanche sapere leggere e scrivere. Poi al momento di saldare il debito, se non potevano, il Gran Croce si gonfiava paonazzo come una tempesta di vento, e la voce si alterava con toni duri minacciosi.

A Terranova dicevano che il Gran Croce era come le lumache di Bulàla, *vucca duci e culu amaru!*, bocca dolce e culo amaro. Ed era tutto dire.

Ora in chiesa, mentre il Palmerino declamava con pathos da patriota e grande invalido l'orazione funebre per Tano, con la testa che sporgeva d'almeno un palmo sulle altre, il Gran Croce, non lo perdeva d'occhio Rosolino, lo seguiva nei suoi spostamenti.

Lui se lo sentiva già in pugno Rosolino e, infine, gliel'avrebbe fatta ingoiare intera la sua superbia a don Giachino, pur se già era morto al Camposanto.

Don Giachino non era tenero mai, figurarsi con uno strozzino che, oltretutto, gli era lontano parente per via di madre, e campava rosicchiando l'ossa alla gente e il cervello con gli interessi sui prestiti, interessi da ladro di passo.

Al tempo della crisi – c'erano stati due anni di secco, il raccolto s'era perso e danaro in banca ne circolava pochissimo – *u bicchìnu* (lo chiamavano becchino, il Gran Croce, a Terranova perché, in un certo senso, scavava le fosse ai poveri cristiani con le sue usure) l'aveva avvicinato al Circolo della Real Casa per il tressette, poi, una chiacchiera dietro l'altra, la malannata, i tempi stretti anche per i signori «Non c'è niente di male don Giachino... vi offro i miei favori... con voi è un'altra cosa ché le mamme sono cugine... la banca non può farvi credito... se volete... io... poi...»

Non lo lasciò finire al tavolo di tressette don Giachino. Con l'occhio feroce da quel pezzo d'uomo ch'era, prima lo guardò di brutto, poi lo scaraventò, prendendolo per le spalle – anche don Giachino era un gigante – fuori dal Circolo con l'ernia che quasi, per la rabbia e lo sforzo, gli veniva fuori da sotto i pantaloni «il vostro posto non è al tavolo de' signori di Terranova... il vostro posto è nelle latrine assieme a cimici e vermi come a voi...»

Al Gran Croce fu quindi interdetto l'ingresso al Circolo con unanime deliberazione del consiglio del Circolo stesso.

Rosolino, che annaspava, corto com'era, tra le autorità, si offriva finalmente all'occhio vigile, occhio di lince, del Gran Croce che si faceva il calcolo, in estensione e in danari, delle proprietà di Rosolino il pazzo. Mautàna Roccazzelle la Chiudìa Beddamagna e i frantoi di Scoccaròta e le vigne del Castelluccio e Costazampogna e la *gualchièra* di Luminìa e Palazzo Rosso e tutto il resto.

Il Gran Croce, mentre la saliva gli si cagliava come farina di semola ai canti della bocca, si disse che c'era solo da aspettare e neanche tanto, perché Rosolino, liquidati i danari dei libretti in banca – e che lo capiva quel pazzo il valore del danaro, pur s'era vicino ai trent'anni? – gli avrebbe firmato cambiali e interessi senza indugio e don Giachino, dal vermicaio del loculo, avrebbe dovuto patirlo lo spreco della sua proprietà nell'agro di Terranova e in quelli vicini.

"Goccia a goccia resina amara
distillo ciò che resta di me
al pasto de' pipistrelli..."

«... Impavido compì l'olocausto della Sua vita tutto di

sé immolando all'amato paese con la forza d'un cuore intemerato che a Giustizia mirando intrepidamente pugnò con furore sincero e ferrea volontà... L'avito e nobile esempio degli avi seguendo, aspro e deciso nella lotta, mai il disprezzabile sentimento dell'odio allignò nel Suo animo... gentile... cortese ebbe unanime concerto di consensi... raggiunse con affabilità un armonico accordo tra i Consiglieri...»

I vecchi garibaldini, più che ottantenni, al seguito del corteo funebre, quando il Palmerino ricordò le tradizioni patriottiche dei Verderame, guardarono pietosi Rosolino, che portava il nome del padre di don Giachino, il valoroso Rosolino Verderame, eroe di Terranova. Di idee liberali, tenente della Guardia Nazionale, perseguitato dai Borboni, scrittore di manifesti politici, arrestato e carcerato nel 1851 assieme all'avvocato Liborio Re di Girgenti, a Luigi Guignoles di Palma di Montechiaro e ad altri antiborboni di Terranova come lui.

Aveva studiato a Catania il tenente Rosolino Verderame da dottore in legge. Alto asciutto, i baffi in su come mezzelune di caramello, lo zigomo forte, l'occhio lesto, vissuto da vero eroe come dimostravano la fuga a Porto Empedocle, il trasferimento avventuroso su di un veliero a Favignana con altri relegati politici, le relazioni con gli esiliati di Malta e i liberali di Sciacca, il secondo arresto nel febbraio del 1853 assieme al Cannarella, il Caracciolo e altri di Licata, l'ostinata persecuzione dell'Intendente di Girgenti.

Rosolino Verderame era sfuggito alla morte ma solo per puro caso, perché i Padri Cappuccini di Palma di Montechiaro l'avevano nascosto nel loro convento per salvargli la vita, mentre Francesco Pelligra da Corleone, Vituzzo La Greca da Girgenti, Nunù Pirrea da Casteltermini, Andoro Incorvaia e Neli Legname erano stati giustiziati dai birri borbonici.

La sua iniziazione alla massoneria – ricordavano i garibaldini con gli occhi lagrimosi di congiuntivite – nella Loggia San Giovanni di Siracusa era stata tale che nel 1860, nel primo piano di Palazzo Rosso, a Terranova, aveva costituito la Loggia Cuccioli di leone e rifiutata ogni onorificenza.

«Lui sì ch'era Patriota e Cittadino esemplare» diceva il più vecchio, gli occhi ciechi non di guerra, solo di cateratta, di vecchiaia «e perseguitato politico sempre in fede alle sue idee. Grand'Uomo Rosolino Verderame... Grand'Uomo, il Primo Figlio di Terranova... lui sì ch'era un eroe... ma Tano Tano... un buon Sindaco... null'altro... poi appresso a quella Stinca l'onore ci aveva perso la dignità... a furia d'intrallazzi per tenerlo buono l'avevano nominato Cavaliere Ufficiale mentre nemmeno il servizio di leva aveva fatto sempre per via d'intrallazzo... altro che eroe... s'è perduta la razza dei Verderame... a poco a poco... dopo il tenente Rosolino s'è perduta... don Giachino... poi Tano... poi Rosolino, il pazzo, sempre peggio... sempre peggio...»

L'altro garibaldino, ristorate le narici grandi e nere, con una presa di tabacco «Vedete com'è» cominciò a spiegare con la saggezza secca degli ex combattenti «le buone razze sono come gli alberi possenti, carichi di frutto, col fusto sano duro peggio d'una roccia. Poi, un giorno, com'è come non è, le radici fanno i vermi, il fusto marcisce e i frutti restano ppirugnàti su i rami... È così come vi dico. Ve lo spiegate voi? No... perché non c'è una spiegazione... considerate un carrubo a che è verde a che marcisce col verme alla radice. Non c'è un perché... vi dico... non c'è un perché...»

Nella Matrice, l'odore dei ceri consunti era tutt'uno con il sudore delle ascelle, dell'inguine, dei piedi nelle scarpe dalla suola massiccia.

Niccolò Palmerino continuava imperterrito ed asciutto

a declamare, pur se non c'era un filo d'aria nella chiesa, con vigore intatto, con levatura di toni ora supremi ora commossi come s'addice alla virtù d'un estinto.

«Nei lunghi e felici anni della Sua Sindacatura, dappoiché indefesso in trincea operò per il bene di Terranova, grande frutto diede alla Città del suo impegno, col disbrigo di opere di primaria importanza

1) la fornitura di acqua potabile

2) la tombola telegrafica autorizzata dal Governo per lire 265 000

3) l'ampliamento della piazza e la trasformazione del Convento delle Chiarine in ricovero per Donzelle Orfane

4) la costruzione... l'appalto...

«Riguardo alle finanze del Comune è a tutti noto l'accanimento con cui il nostro defunto Sindaco le volle rinsanguare con la concessione di lotti innumerevoli di terreno, da strenuo paladino, qual Egli era, degli interessi dell'Amministrazione.

«Giammai tollerò venissero calpestati gli interessi della Città e lo provano le contestazioni del Nostro Compianto in favore del Comune e le conciliazioni con debitori del Comune dimostrano, altresì, che il ricorso alla lite giudiziaria era subordinato ai tentativi di amichevole transazione.

«Ora il compianto vada alla famiglia desolata che nel giorno fatale perdette il Suo adorato Capo, uscito dal domestico focolare a funesto raccapriccevole destino di Morte... ai cuori derelitti... inconsolabili d'una madre... d'una sposa idolatrata, del figliuolo Rosolino che venerò e adorò il padre suo... che... che...»

Leonora – niente aveva ascoltato degli elogi funebri – l'occhio vigile alla cassa di noce, si beava di Tano nel doppiopetto grigio come lei aveva comandato, ne spiava le asole perfette rifinite di cotone Mulinè, opra fina di

Belluomo, ne fantasiava la scritta sulla lapide di marmo al Camposanto nella cappella di famiglia, accanto a don Giachino.

Lo avrebbe scritto di suo pugno un epigramma di quelli che lei componeva da vero poeta, e il bastardo di Tano che se la rideva de' suoi versi, al Camposanto, nello scolo delle sue carni tra vermi affamati, avrebbe dovuto starci sotto la lapide e patirla la sua scritta per l'eternità, proprio come pativa nel doppiopetto grigio voluto da lei!

Quanto alla madre di Tano era svanita, tutto il giorno nello sgabuzzino co' suoi centrini all'uncinetto – la saletta da lavoro Leonora la voleva solo per sé – andata come i suoi capelli, miserabili fili di cotone raccolti da Mariannina alla bell'e meglio sulla nuca, almeno per sembrare composta ai solenni funerali di Tano.

Rosolino, con un dito nel naso si strappava le croste, con l'altro in aria faceva segno di dirigere la banda, e pensava che de' danari di Tano ci avrebbe fatto la più bella banda mai vista in Terranova e un Liceo Musicale e strumenti perfetti d'artigiani fini da tutto il mondo a qualunque prezzo. Qualunque.

Lui non era pazzo, un musicista un compositore era lui, Rosolino Verderame e, ora che il bastardo infine c'era crepato, alla Giunta Municipale, ci pensava lui a dare alla Città di Terranova il contributo illustre del suo impegno.

Un contributo d'arte, altro che illuminazione e strade rattoppate e delibere per conventi e acqua potabile e appalti.

Lui, Rosolino Verderame, la musica portava a Terranova, la banda, i concerti, il Liceo Musicale e i migliori maestri d'Italia e se non bastava d'Europa e d'America.

Il naso di Rosolino intanto sanguinava per le sue stesse unghiate e le gocce di sangue, una a una, dal picco del mento, discrete s'abbandonavano sulla terracotta della chiesa, con un dindolio manso rassegnato.

A paragone dei concertisti di Palermo col maestro Prestigiacomo e il cane Garibaldi, quelli della Banda di Terranova un manipolo di straccioni parevano, goffi, le divise strette o corte di maniche o lise alle pestagne e i bottoni opachi spenti, mentre lui luccicanti più che oro li voleva i bottoni dei musicanti.

Gli strumenti, poi, un pianto, specialmente quelli a fiato, rauchi perché i musicanti della Banda, a Terranova, falegnami erano, terrazzieri bottai ferraioli vinajuoli intagliatori tegolari e provavano solo la domenica mattina, sino alla messa di mezzogiorno, nel deposito di botti del *Ciaramitàru*, tra il tanfo delle botti vecchie e l'acidore del vino nuovo, sì che n'uscivano storditi come fossero ubriachi.

Borino il carpentiere, trombone in *mi bemolle*, di quando in quando ristorava il fiato della gola, di nascosto, col vino di Castelluccio del '16 nella botte piccola, segreta ai più nel sottoscala del magazzeno e, poi che il trombone il fiato se lo asciugava tutto, terminava le prove ubriaco fradicio e a mala pena, barcollando, infilava la navata della Matrice per la messa di mezzogiorno, com'era d'uso dopo le prove.

Gli strumenti poi se li portavano a casa dove i vapori della minestra, il fumo della carbonella, i cavoli a stufato, le unghiate dei gatti e i diti roditori dei figli più piccoli – le madri per levarseli da torno durante i mestieri di casa glieli davano in mano – completavano l'apocalisse sulle corde slabbrate, gli archi sbintàti, il riccio della viola staccato la effe di risonanza spizzicata e così via.

La Banda più bella doveva avere Terranova e concertisti da tutto il mondo dovevano venirci a Terranova. A questo servivano i danari di Tano Verderame immobile nella cassa di noce alla Matrice – si diceva Rosolino.

Concertisti dal Teatro Reale dell'Opera di Vienna, dalla Filarmonica di New York dall'Orchestra Sinfonica di Ginevra, e nel suo Liceo Musicale Rosolino Verderame avrebbe preparato i musicisti più bravi – violoncellisti, flautisti, violinisti – al mondo.

Danari ci volevano e talento musicale e genio. Lui, Rosolino, aveva tutto e se, poi, i danari non bastavano, c'era il Gran Croce che, oltre tutto, suonava la tromba e gli sorrideva dal canto opposto come gli avesse letto nel pensiero. Il Gran Croce guardò Tano nella cassa di noce, un'ultima volta, poi tornò a intendersi d'occhio con Rosolino «È fatta... è fatta... è fatta...» si disse uscendo dalla chiesa. S'avviò poi alla macelleria del Carcagnùsu per le costate di vitellino «grandi... grandi, mi raccomando, e tenere... tenere... e con tanto sangue», l'occhio lucido, e il pensiero, lascivo da vero maiale, ai suoi garzoni.

"La pietà è nella tela del ragno
e venne in cielo la luna...
... venne la luna..."

Le cosce di Stinca, ora che pendevano dal carrubo – lo stesso ramo a cui s'era appeso, trent'anni prima, il predicatore, fresco di sacerdozio – erano bianche ancor più, più che neve. E la vena era blu, blu come il mare.

Pendeva dal carrubo Stinca, al collo il cingolo d'una tonaca nera – che aveva conservato chissà dove tra i dirupi dell'Accia, ma dell'Accia lei conosceva ogni pietra ogni sentiero. Il piede era nudo. Nude le cosce bianche, appena mosse da un soffio di tramontano. Proprio un soffio.

L'avevano trovata all'Angelo mentre s'udiva, sperso per

Mautàna, lo scampanio leggiero delle Chiarine in Terranova, uno scampanio quieto, una specie di segnale per i terrazzieri che lasciavano la trapunta di cotonina – le notti erano fredde a Mautàna pure in giugno – e s'avviavano alle vigne.

Appesa al carrubo l'avevano trovata Stinca, con l'occhio aperto, non freddo di morte ma sparviero come quando nell'Accia, nel picco più alto, sfidava la rabbia di Tano.

L'avevano trovata al carrubo la mattina delle solenni esequie di Tano, imprigionato nel doppiopetto grigio voluto da Leonora e nella cassa di noce massiccio.

Lei, mentre, pendeva nell'aria libera come la passera tra le forre dell'Accia, leggiera come le tamerici della palude che hanno la foglia verde e pulita pure se di fango si nutre la radice.

Il suo corpo pendeva leggiero dal carrubo, addosso uno straccio leggiero che si crespava sui fianchi e lasciava nude le cosce.

Quasi nuda com'era vissuta Stinca, buttàna e assassina, pendeva dal carrubo, mentre il cielo era chiaro di quel chiarore ambiguo che il timido giorno appena nato diffonde tutt'intorno.

S'era ammazzata Stinca al carrubo, col cingolo del predicatore di Città che al carrubo aveva lasciato vita e peccato. S'era ammazzata, forse di notte, forse all'Angelo – nessuno l'aveva vista – da sé s'era ammazzata ora che non più Tano poteva farlo.

Tano che pure sempre glielo diceva «t'ammazzo una volta o l'altra, buttàna, giuro che t'ammazzo.»

A fronte di Stinca le contadine della masseria si fecero il segno della croce, come sollevate, infine, perché quella creatura del Demonio, dall'occhio sparviero, non ce l'avrebbero più vista a Mautàna o su per le forre dell'Accia dove il codirosso faceva il suo nido da sempre.

«Ora questa sciagurata riposa... riposa, il Diavolo ora ch'è morta in pace la lascia... in pace... assieme sono morti lei e il padrone, pazzi tutt'e due... Stinca col Demonio in corpo e... lui... sventurato... sventurato... appresso a lei... sempre... pure s'aveva il Palazzo in paese e una gran signora per moglie con gli studi nel migliore collegio di Palermo... se la sono voluta una morte così sciagurata così... il Signore non perdona... i peccati si scontano... il buon Dio non paga il sabato... due disgraziati... lasciamo lei ch'era indemoniata e figlia di manovale... ma lui... la famiglia più ricca di Terranova... il padre più potente... lui che pure un po' s'era aggiustato ora ch'era Sindaco...»

Queste le voci delle contadine, or l'una or l'altra, mentre lavavano con l'acqua fredda del pozzo, in tutta fretta, leste a spicciarsi, il corpo di Stinca – come s'usava – prima di sotterrarlo nella pietraia a nord della fattoria, al Camposanto per quanti erano morti di febbre spagnola nell'agro di Mautàna.

«Vi dico ch'era posseduta dal Diavolo» diceva un'altra mentre con lo straccio che usava per i peperoni arrosto asciugava le cosce di Stinca «era tutta volontà del Diavolo... ci dovete credere... un'altra, una contadina di Montelepre, posseduta dal Diavolo, con questi occhi l'ho vista... con questi occhi» e se li palpava mentre «...l'ho vista che si torceva e latrava come i lupimannari... poi il prete con l'orazioni e l'olio santo l'ha liberata... questa invece non ne voleva sapere... di comunicarsi e quanto ai preti lo sapete quello che ci fece a quello giovane, un ragazzino, venuto per le feste di Pasqua... lo sapete come ci pendeva dal carrubo con gli occhi aperti... povero cristo... che ancora nelle notti di luna la tonaca si vede perfetta da lontano... con le mani la si può prendere... e lei... sotto che si guardava lo spettacolo la buttàna... Dio l'abbia in pace... e per impiccarsi lo stesso carrubo... se la sono voluta questa morte... erano in peccato lui e lei... e che Dio li perdoni» e giù un altro segno della Croce e un altro ancora.

Quanto a Semenza, con i polpastrelli nodosi lo toccò il corpo di Stinca e ripeteva in sottovoce come a se stessa «il *malupirtùsu*... disgrazia porta disgrazia... soffiava forte sull'Accia l'altra notte... soffiava disgrazie... sventura... soffiava come mai in giugno... e la disgrazia s'è compiuta tutta quanta... lutto a Terranova e lutto a Mautàna... un vento di ponente così non s'era visto mai a Mautàna... portava lutto e lutto...»

Null'altro, gli occhi asciutti, senza una goccia di pianto perché lei la conosceva poco o niente Stinca, come tutti del resto a Mautàna, pur s'erano sorelle, ma così diverse. Lei di certo bruttina o insignificante tale e quale sua madre.

La morte di Stinca a Mautàna s'annunciava come la quiete dopo il temporale e – forse perché si diceva ch'avesse sette vite e temevano di vedersela innanzi tra le nebbie della zolfara, forse perché non si diceva messa ai morti ammazzati – la sotterrarono, prima di mezzogiorno, con i pendenti di granati alle orecchie. Niente cassa, niente veglia, niente prete – solo l'eterno riposo delle contadine – niente di niente, roba di qualche minuto.

I solenni funerali di Tano, il Sindaco di Terranova, mentre, si conclusero al Camposanto alle cinque del pomeriggio col sole alto che scioglieva le lapidi e l'estrema orazione di Don Vito Quagghiàra, Presidente della Provincia.

"Il grano scolora nel campo
l'acqua del pozzo ha fatto i vermi..."

Terranova luglio 1923

Il sole era alto ma sulla piazza del Municipio arrivava un soffio d'aria dal Pontile perché il mare era a due passi, proprio sotto il Municipio.

C'erano tutti: lo speziale Turrumè Vincenzo – Prosindaco di Terranova ai funerali di Tano Verderame – che ora da Sindaco, la fascia tricolore sul petto, di traverso, si preparava a scoprire la lapide in memoria di Tano Verderame, morto durante una seduta di Giunta Municipale nel Palazzo di Città all'una e di domenica – precisava sempre lo speziale. Ché ancora lui e gli altri assessori le ricordavano le stranìe del Sindaco Verderame, i suoi pugni levati in aria, i borzacchini di vitello che lasciavano sullo scalone di marmo le crete di Mautàna.

Il Sindaco Verderame, la buonanima del Sindaco, già da due anni giaceva nella tomba di famiglia, accanto al padre don Giachino e con l'epitaffio scritto da Leonora che ogni giovedì ci mandava Mariannina a pulire il marmo della lapide e lucentare con grande dote di fiato gli ottoni dell'iscrizione e siccome era lunga e le lettere da lucentare tante, Mariannina ne puliva solo il primo pezzo.

Qui riposa l'anima chiara benedetta
di Tano Verderame
che fato crudele di morte
strappò all'affetto dei Suoi cari
il 26 giugno MCMXXI
Pio servitore della Chiesa
Fervente Cristiano
Sposo fedelissimo che alla Famiglia votò
se stesso nonché alla amata Città.
Raro esempio di domestiche virtù
Padre affettuosissimo per l'unico
adorato figlio Rosolino cui sempre
fu scia luminosa, raggio perenne...

Per effetto del Sidol le lettere supreme erano lucenti e spicchiuliàvano, le ultime, nere, erano diventate illeggibili, e Leonora non poco se ne costernava ché proprio in quest'ultime c'era il meglio del suo epigramma.

Quando v'andava, soprattutto prima delle feste – ché nelle feste c'era un vero passeggio al cimitero – con la scusa che il ritratto di Tano in porcellana non le pareva lucido abbastanza ci sputava sopra una due tre dieci volte, e con uno straccio lì a terra lo lucentava. Mariannina pensava, invece, che lo facesse per *schifierìa*, come a dire per sfregio.

Leonora v'andava sempre la domenica, ora che Rosolino non più le dava pensieri.

Dalla morte del padre Rosolino era un altro, sempre in giro per la banda e il Liceo Musicale, andava sino alle fiere in continente ad acquistare il meglio degli strumenti, a impegnare maestri, musici, preso sì tale da flicorni e violini e marce e concerti che non c'era da temerne più.

Danari n'aveva sciupati tanti e poi tanti, ma s'era quietato, ragionava a suo modo e non più la servitù temeva per la vita né chiedeva d'andarsene.

Insomma la morte di Tano era stata una benedizione per tutti, per il Prosindaco, che ora era Sindaco, e infine, per la Giunta, che si riuniva sì e no una volta ogni tre mesi, e al dottore Palmerino, Grande Invalido di guerra, che ci teneva a fare il Sindaco e gli rinfacciava la lentezza dell'Amministrazione, Turrumè lento lento, con la pancia grande fino al costato «C'è tempo c'è tempo non c'è ragione di inquietarvi, notaro Palmerino... la salute... anzi tutto la salute... adagio... adagio... chi va piano va sano e lontano... adagio c'è tempo... ve la ricordate la buonanima di Tano Verderame... sempre di fretta... tutto in una volta... giorno e notte... ce lo dicevo io... la salute... la salute!... e ora ora se lo mangiano i vermi al Camposanto... una vena gli scoppiò nella testa... calmo notaro Palmerino... la calma è la virtù dei forti... poi notaro c'è l'età... l'età... che siamo *picciutteddi*?... la festa vogliono? e noi li accontentiamo... la banda... i ceci le fave rinfornate... le sementi di zucca... le picciotte da marito... in piazza... al passeggio sottobraccio alla madre... questo vogliono questo... L'illuminazione? L'acqua? c'è tempo vi dico... c'è tempo... non vi guastate la salute... c'è tempo...»

Poi che di tempo alle elezioni ne restava poco e i Terranovesi li sapeva affezionati a Tano, con una sollecitudine ignota alla sua lentezza, Turrumè, che voleva prendere quanti più voti distanziare tutti gli altri e fargli fare bile, fece deliberare e costruire una lapide alla memoria del Cavaliere Ufficiale Tano Verderame. Cosa che sapeva gradita ai Terranovesi.

Il giorno 23 di luglio all'inaugurazione c'erano proprio tutti sulla piazzetta Municipio che chiusa da grandi palazzi restava un po' in ombra e, inoltre, la rinfrescava il soffio dal Pontile.

Forse pioveva pure. Le ombrelle c'erano, come già ai funerali, grandi di telo scuro, al momento a proteggere la tigna di Turrumè dalla fettuccia di sole che sguinciava tra Palazzo Municipio e Palazzo La Lumìa. Poi se pioveva tanto meglio, la polvere s'ammansiva, l'aria si chetava, e pure i sudori.

La lapide si doveva collocare nell'atrio del Municipio, bene in vista sul muro a destra. Al centro dell'atrio, mentre, su una colonna a spira stava il mezzobusto di Rosolino Verderame, nonno di Tano, eroe di Terranova.

Sul mezzobusto l'Amministrazione del 1903 aveva risparmiato, così l'effigie a perenne memoria dell'eroe Terranovese era stata affidata a uno scalpellino del paese – gli scultori erano in città e chiedevano quanto il ricavato d'un raccolto di grano.

L'occhio, nel gesso, era più da Casanova che da eroe ma il poveruomo si giustificò dicendo che lui, per lo più, sagomava angioli, Madonne per le tombe al Camposanto, e che non gli era mai capitato un eroe.

«Gli angioli hanno l'occhio smorto... occhio di triglia... ché loro parlano con la Madonna... sono ispirati e l'occhio dev'essere languido... pallido... smorto vi dico... smorto... sennò diavoli sembrano... malandrini... e i preti me li mandano indietro... nessuno mai m'ha commissionato eroi... sì l'occhio non è quello... ma il baffo però... il baffo fero... masculo vero sembra vero... di pelo...»

E poi che sul baffo dell'eroe Rosolino Verderame non c'era da discutere, lo scalpellino ebbe il suo compenso.

Dopo vent'anni – si era nel '23 – nell'atrio del Municipio, dove si doveva inaugurare la lapide di Tano Verderame, l'occhio del mezzobusto comunque faceva ancora parlare.

Il Sindaco Turrumè era arzillo, fresco come mai, sì le cosce sempre lo tormentavano con l'eczema – aveva provato pure con la cacca di conigli e l'infuso di camomilla – ma niente niente le vescicole col loro umore appiccicoso assediavano l'inguine e non c'era niente da fare, se non grattarsi.

Questa volta parlava solo lui, non voleva concorrenti in tempo d'elezioni. Per il discorso ci aveva messo otto giorni a scriverlo ché stentava per queste cose e preferiva le ricette de' dottori e i medicamenti. Ma soprattutto per non darsi vinto col Palmerino, ch'era scrittore e poeta fino e con tutte quelle rime e le parole strane – eleganti però eleganti! – li stordiva i Terranovesi, si chiuse nello studio e, otto giorni di sudori e grattate tra le cosce, allo scrittoio scrisse cancellò aggiunse levò aggiustò sistemò, infine, qualche arcaismo qua e là, ebbe pronto un discorso bellissimo, che non pareva scritto da lui.

CITTADINI

La Giunta Municipale di Terranova, in perenne memoria dell'illustrissimo mio predecessore Cavaliere Ufficiale Tano Verderame, che crudele fato di morte ghermì – questo verbo l'aveva copiato dall'orazione del Palmerino ai funerali di Tano – ghermì anzi tempo, giovine d'anni e vigore, ai Suoi e alla Città, nella tornata del 10 luglio 1923 deliberava unanime una lapide ad eterna memoria di Colui che vanto e onore fu alla Città tutta.

Al timone del Governo cittadino per nove anni con impareggiabile... inesauribile eccelsa... eccellente... esimia.

Fu l'esimia a mettere in sospetto il Consigliere Schimmè, di professione bottaio e senza peli sulla lingua «Questa è roba del canonico *Culudisìccia*... vi dico... non è cosa di Turrumè... questo è lo stile – parlava di stile ma sapeva solo scrivere il suo nome giusto per non firmare con la croce come i braccianti lui che fabbricava botti – lo stile del canonico... vi dico... l'ha scritto *Culudisìccia...*»

Culudisìccia, cioè culo di seppia era il soprannome del canonico – ex canonico – Impillizzeri, cacciato dall'ordine perché furfante farabutto e, quel che più frastornava la Curia, ladro.

Rubava sempre e a tutti, pure se andava per l'estrema unzione si guardava intorno e pace all'anima sua pace all'anima sua – sì diceva al morto – rubava di tutto a morti e vivi. Poi che, in primis, rubava alla Chiesa e alla Curia di Piazza Armerina lo avevano cacciato «L'onestà è la prima cosa la prima cosa» diceva il Vescovo nel congedarlo mentre, in cuor suo, faceva il conto di quanto avesse rubato a lui «le mele marce infettano le buone... e bisogna buttarle... buttarle» proseguiva il Vescovo mentre sempre più scoloriva delle ruberie del canonico.

Culudisìccia – lo chiamavano così per via del culo stretto allungato come quello d'una seppia – rubava ancora quando gli capitava, non più alla diocesi, comunque, e scriveva discorsi su commissione perché aveva studiato proprio fino in seminario.

Ora quell'«esimia» il Consigliere Schimmè bottaio l'aveva sentito dire dal canonico e ci metteva le mani sul fuoco che il discorso l'aveva scritto proprio lui e il dubbio cominciò a farsi strada in tutti, mentre, Turrumè aveva passato otto giorni chino allo scrittoio per il discorso, con l'eczema alle cosce che l'ammazzava.

E altri otto ne passò a sgolarsi e difendere la paternità del suo discorso dopo l'inaugurazione «È farina del mio sacco vi dico... del mio sacco vi dico... otto giorni ci sono stato... otto giorni... giuro... è roba mia... è l'invidia che vi fa parlare... l'invidia... che figurone ho fatto... è roba mia... invidia... invidia...»

Sgolò imprecò minacciò: invano. Nessuno ci voleva credere che l'avesse scritto lui, ch'era farina del suo sacco ed era vero!

Principiava a piovere, poche gocce, *pisciu d'aucèddi*

– piscio d'uccelli – come lo chiamavano a Terranova quel timido piovigginare del cielo.

Lo speziale Sindaco Turrumè sbirciava tra i Consiglieri ché certo quella malalingua di Schimmè sforbiciava del suo discorso a giudicare dal gruppetto che s'ingrossava attorno a Schimmè.

«Che mette lingua lui, bottaio e analfabeta?» si diceva Turrumè.

Non sospettava comunque che la malalingua di Schimmè mettesse in dubbio la paternità del suo discorso – otto giorni allo scrittoio – e lo attribuisse a quel lazzarone del canonico *Culudisìccia*.

«Olocausto all'ara della sua amata Città... integerrimo Cavaliere con lo scudo della Sua vita fe' usbergo... l'erta ascesa del sommo dovere... nerbo morale... *civis optimus*... Augusto duce per la Città di Terranova... obbedì all'imperativo morale che guida alla rettitudine alla... lo sdegno dell'animo... ferrea veemenza del Suo animo che esplose negli accenti della più veneranda sincerità e talora dovette cupa rintronare dal cuore al cervello a fronte della dignità dell'Ufficio di Sindaco, che impone la serenità degli animi e... Signori noi oggi su questa marmorea lapide onoriamo la memoria di Tano Verderame che per la via spinosa del dovere anelò all'ascensione politica economica igienica della nostra Città...»

L'assessore Bonfiglio, accosto al consigliere Schimmè, commentò, riguardo all'ascensione igienica di cui parlava Turrumè «Vero... vero... fesserie il Sindaco ne sta dicendo tante... si sa con l'elezioni alle porte... lui c'è affezionato alla poltrona e ci vuole restare... ma questa dell'igiene è vera...»

E pensava all'ordinanza con cui Tano Verderame, allora Sindaco, proibiva che muli asini capre e quant'altro d'animali di notte dormissero sotto lo stesso tetto assieme ai padroni e, poi che i più avevano un'unica camera per dormirci e mangiarci, di fatto asini e capre se li tenevano accanto al letto grande per timore de' ladri. Per virtù dell'ordinanza le case s'erano svuotate e gli asini ragliavano sotto la luna, nella stalla, dov'era il loro posto.

«Signori nello scoprire questo marmo là ove vibra l'eco invitta della sua parola, in questo Municipio meta, oggi, del pio pellegrinaggio dei Terranovesi... la Sua spada ancor luce sul campo di battaglia delle pugne amministrative... s'ode ancora il suo ruggito da leone sul suo seggio di Sindaco... lealtà... impegno...»

Rosolino controllava che la banda, la sua banda, fosse bellamente disposta sulla scalinata del Municipio a che i musicisti, subito dopo la commemorazione del Sindaco, sotto la direzione del Maestro Nucibello Adelmo dell'Opera di Roma, principiassero il concerto.

Quella banda di musicisti fini era il suo orgoglio, era opra della sua arte e dei danari di don Giachino fatti coi raccolti e coi buoni fruttiferi della banca – commentavano a Terranova ché quel pazzo tutti li finiva i danari di don Giachino con la mania della banda e i musicisti forastieri e le giubbe e i bottoni dorati e il berretto stile impero col gallone d'oro e la cetra di metallo dorato e la penna bianca e nera, uso cavalleria «Tutta la finisce questo pazzo la proprietà di don Giachino... per ora... ci sono bastati i danari ma come li finisce... povera proprietà! e guai pe' braccianti... che le proprietà buone nell'agro di Terranova tutte dei Verderame sono... e Mautàna... e la Chiudìa questo pazzo tromboni e clarini e piatti e flicorni e bombardini ce ne compra... solo questo capisce... al manicomio si doveva internare e quand'era vivo don Giachino... ma ci faceva pena a don Giachino... l'unico nipote al manicomio...» dicevano sulla piazzetta Municipio con non poca costernazione, soprattutto se ci campavano lavorando nelle proprietà dei Verderame.

Rosolino, mentre, s'aggirava qua e là, dava ordini alla

la cornetta, giustava il gallone di lana nera sulla giubba del 2° basso in *mi bemolle*, lucentava le cetre d'ottone delle controspalline al 2° clarino di rinforzo, controllava i bottoni di cocco al 1° bombardino, si lamentava con l'ottavino perché le mergole della galdina pieghettata non erano stirate alla perfezione, un'aggiustatina al berretto del 2° trombone d'accompagnamento, le ultime raccomandazioni al direttore.

I musicisti, e perché lo sapevano pazzo e perché pagava bene senza tirare sul prezzo – erano stati tempi magri per i musicisti durante la guerra, la gente pane chiedeva non marcette e sinfonie –, facevano finta di niente e lo sopportavano perché i contratti erano eccellenti e neanche la Filarmonica di New York, quell'anno, pagava meglio.

"Due anni c'erano voluti per mettere su una banda siffatta" pensava Rosolino mentre spiava il colletto a pistagna dei piatti, ma che splendore la Sua Banda! e come brillano i 15 bottoni bombé d'ottone della pettorina e gli alamari d'oro e dire che non c'è sole... diceva ad alta voce Rosolino e passava e ripassava davanti al Sindaco Turrumè, incurante della commemorazione in atto che allo speziale era costata otto giorni di pensieri sudori e vescicole.

Rosolino, dalla morte del padre, era un altro e Leonora, la madre, giusto che le pareva un miracolo del Cuore di Gesù, non ci badava ai danari che correvano come l'olio dalla damigiana.

Quel figlio perso, in due anni, aveva messo in piedi una banda che non ce n'erano uguali. Ottanta elementi scelti da tutt'Italia – due erano italo-americani di Filadelfia – e un repertorio vastissimo – Meyerbeer Boito Bizet Donizetti Ponchielli Séroff Borodin Čaikovskij Spontini Cherubini Paimparé Van den Bogaerde.

Il suo Rosolino in persona l'aveva steso il regolamento;

ora che il bastardo di Tano se ne stava al Camposanto Rosolino dimostrava in pieno i suoi talenti e gliela faceva fare la bile a quanti lo volevano scemo. Altro che scemo! In quel regolamento era stato preciso meticoloso più che un dottore in Legge, le delibere di Tano, mentre, frettolose, abbozzate, tali e quali a lui.

Se lo guardava da testa a piedi il suo Rosolino, giurista musicista direttore d'orchestra, con quanta abilità dava ordini insino al Maestro, con quale capacità aveva organizzato tutto per tempo ché ci teneva che l'inaugurazione della lapide del padre fosse in grande in grande.

Per il padre Rosolino aveva serbato il primo concerto della sua banda, due anni di lavoro. Per il padre non badava a spese Rosolino e a lui, Tano, all'inferno dov'era, era dedicato il primo concerto della sua banda.

Più lo guardava più Leonora si convinceva che Rosolino era un altro, miracolato, allegro, operoso, organizzatore.

A dire il vero quando gli vedeva in mano le forbici le si rizzava il pelo grigio sull'ossa della schiena, ma stava al suo posto quieta – non voleva spaventare le serve – e incrociava l'occhio saracino di Mariannina, ch'era di casa e non lo lasciava d'un attimo Rosolino fino a che non posava le forbici. Non tanto per divozione alla padrona – non le piaceva Leonora che aveva cacciato nello sgabuzzino la madre di Tano e gettava nell'immondizia i pizzi della vecchia padrona, quanto perché – si diceva – il pazzo poteva piantarle sulla sua schiena, le forbici, e lei a quelle quattr'ossa secche ci teneva finché Dio la guardava.

"Umida è la notte del pianto del giorno
il cardo beve il sudore salato della roccia"

Il Sindaco Turrumè – principiava a spiovere – era a l'ultime note del suo discorso, con un piglio di giovinetto ora che per la frescura le vescicole d'orticaria tra le cosce gli s'erano chetate.

«Cittadini e Cittadine e ora il meritato onore alla memoria d'un Uomo che alla Patria tutto sacrificò insino la gagliarda vita: Scopriamo la lapide! Spiri d'essa sprone e incitamento ché l'Uomo cui consacra via aspra di rovi intemerato percorse e vi lasciò brandelli di carne.

«E ora Signori Cittadini in memoria di Tano Verderame scuopriamo la lapide! Scuopriamo!»

In un angolo della piazza del Municipio la vecchia banda del Comune che, ai funerali di Tano aveva suonato lo *Ione*, con le divise che puzzavano di vino e le pestagne untuose e gli ottoni abbruniti – non sempre le mogli, stanche di mestieri, li rianimavano col Sidol che faceva miracoli.

La vecchia banda, ormai liquidata, non senza invidia stupiva delle giubbe, dei pantaloni di panno nero, delle fiammette di panno giallo, dei bottoni bombé d'ottone brillante, della galdina pieghettata con le mergole.

«Guarda... gli alamari d'oro... e i bottoni di cocco... la Filarmonica di Vienna sembra... e le paghe... pensate il trombone in *mi bemolle* 135 lire prende, la cornetta principale 980, il flicorno basso 250, il 1° tamburo 180, i piatti 150,... il 2° bombardino 238... e il Maestro 10.000...» diceva il primo bombardino della vecchia banda, addosso il vestito blu del matrimonio che gli soffocava i fianchi larghi per via della zappa «Di bravi sono bravi... non c'è che dire... ma 10.000... una proprietà si ci fa di vigne al sole grande quanto il Castelluccio... annata buona per questi ché Rosolino pazzo com'è li fa andare i danari come l'acqua dell'abbeveratoio... e poi che ci ha messo lui? L'ha sudati forse?... e la madre con la scusa che la musica lo tiene calmo... glieli fa scialare i danari di don Giachino... e pensare che a noi suo padre, Tano Verderame per la festa della Madonna che i piedi ci scuocevano tutto il giorno su e giù per il paese sino a Portamarina... una forma di pecorino... ci dava una fiasca di vino e... amen...»

Lupo c'era stato al Camposanto da don Giachino, la sera prima, con la scusa delle messe comandate, e poi lui, ch'era l'arciprete, aveva la chiave della cappella Verderame e v'andava quando voleva.

Il ritratto di maiolica di Tano era imbrattato d'una morchia di sputi che seccavano in cristalli paglierini come la chiara d'uovo per il pandispagna. Erano gli sputi di Leonora quando fingeva di lucidarlo.

Nel ritratto c'era Tano in doppiopetto grigio, ché solo da morto infine l'aveva vestito in doppiopetto grigio, come voleva lei. Per via degli sputi, però, il doppiopetto fino, opra del sarto Belluomo, non si godeva più né si godevano le asole rifinite col cotone da ricamo.

Lupo si riprometteva di non tornarci più al Camposanto, e invece ci tornava, tale e quale a Tano, che giurava d'ammazzarla quella buttàna di Stinca e non l'ammazzava mai fino a che c'era morto col giuramento d'ammazzarla.

C'era stato al Camposanto la sera prima perché don Giachino, che lo chiamava «il figlio di Mariannina», la sapesse la novità e, se i vermi non l'avevano già fatto, se lo mangiasse da sé il fegato che aveva vomitato in punto di morte.

Il Vescovo di Piazza Armerina – che c'era stato, lui sì c'era stato con tutte le femmine delle masserie col pelo crudo e nero – aveva i giorni contati e la Sacra Congregazione del Concilio in Roma pensava a lui, Lupo, come Vescovo di Piazza Armerina e, per tramite dell'Amministratore Apostolico, gli avevano comandato di prepararsi per l'investitura ché il Vescovo era proprio alla fine, non pisciava più e i reni gli scoppiavano.

Dal ritratto sulla lapide di marmo don Giachino «Vescovo Lupo infine Vescovo di Piazza Armerina... come t'avevo detto... tu lo sai che don Giachino è uomo di rispetto e la tiene la parola... Vescovo e femmine delle masserie quante ne vuoi...» pareva dirgli come già in seminario. Ma Lupo era un uomo oramai e al vecchio porco, morto col peccato in gola, gliela doveva fare pagare, pure s'era morto ormai da quasi vent'anni, una Domenica delle Palme.

E così all'Amministratore Apostolico, quando l'avesse chiamato in via ufficiale per la Curia di Piazza Armerina «No... non mi muovo da Terranova... non la lascio la Matrice...» avrebbe detto secco deciso come gli riusciva con tutti, sino con Mariannina che non ci andava più alla Matrice e di soggezione addosso si pisciava se lo vedeva per caso.

E il vecchio, all'inferno dov'era, doveva saperlo, a forza doveva saperlo, che lui non ci diventava Vescovo di Piazza Armerina, ch'era la Curia più ricca e le femmine avevano il pelo sudato e il capezzolo nero come le capre.

Poi, prima d'andarsene – il Camposanto era chiuso da un pezzo – allungò una mano sulla lapide – c'era l'epitaffio scritto da Leonora – poi sul ritratto di maiolica di don Giachino. Lui si disse che c'era un filo di ragno. Era, mentre, una carezza, al bastardo morto col suo peccato tra i denti.

Gli occhi, un attimo, posarono su Tano. Non ce l'aveva con lui povero cristo, gli bastavano il doppiopetto grigio e gli sputi di Leonora.

"Giunta è la sera
in mano ha la falce
l'angelo aspetta
dagli occhi di bragia..."

Il Gran Croce – lui pure c'era, come tutto il paese, all'inaugurazione della lapide in piazza del Municipio – lo teneva d'occhio Rosolino, come già ai tempi del funerale convinto che ormai poco ci voleva poco.

I danari di Leonora e don Giachino, sperperati per allestire la banda, erano là sulla scalinata della piazza del Municipio: tromba in *fa*, in *si bemolle acuto*, flicorno in *si bemolle*, cornetto contralto in *re*, cornetto in *la*, cornetto soprano in *do*, clarinetto basso in *la*, in *re*, controfagotto, flauto ottavino, flauto decimino, bombardone in *fa* e in *contre si bemolle*, corno in *mi bemolle*.

Lui doveva solo aspettare e neanche tanto, perché Rosolino, ora che la banda c'era, il Liceo voleva, il Liceo Musicale Garibaldi, come il cane del maestro Prestigiacomo che lo faceva faticare alla villa, in Palermo, per l'ultima pisciata e rischiavano, Prestigiacomo e lui, d'arrivarci tardi ai concerti alla Villa Margherita.

Se solo pensava a don Giachino e alla sua aria da padreterno, ora che vedeva quello sgorbio pazzo agitarsi su e giù per la scalinata, e guardare la sua banda, mentre i musicisti levavano gli occhi al cielo e lo sopportavano solo perché il tintinnio de' danari era dolce più che il flauto e il clarino.

«Visto... visto pure il regolamento ha voluto per la banda... su tutti i muri è affisso...» I musicanti ogni anno saranno sottoposti ad esame... dovranno tenere il proprio strumento in eccellente stato e lucidarlo ogni giorno... è assolutamente vietato frequentare bettole o altri pubblici ridotti nel tempo che indossano la divisa... «E dire che noi ci teneva svegli il vino di Schimmè!...»

Così commentava avvilito il 2° clarino di rinforzo della vecchia banda mentre la nuova eseguiva la *Kaiser Marsch* di Wagner.

Il 1° tamburo, l'occhio gonfio d'invidia agli alamari d'oro, gonfio come ranocchi nello stagno, dopo il temporale «Non dura vi dico... non dura... i danari sono come i nocciuoli... quando uno l'ha raccolti, per buona che sia l'annata, la foglia resta... solo la foglia e niente più... alla fine siamo vi dico... chi vivrà vedrà... e dire che don Giachino che uomo! – una proprietà d'oro ci aveva fatto a questo scimunito... non n'ha avuto fortuna don Giachino né di figlio né di nipote...»

Il basso in *si bemolle*, che pure non parlava mai «Volete mettere Tano a questo scimunito... Tano i danari di don Giachino non l'ha toccati vi dico mai... mai una lira... a quello, Stinca, la buttàna, ci dovevano dare... ed era a posto... questo prima il manicomio ora la banda... tutto ha liquidato e quanto prima dal Gran Croce se ne va... lo vedete vero il Gran Croce? qua è come un corvo... carogne cerca...»

Per tutta Terranova, mentre, si sentiva l'inno *Macte senex imperator* di Franz Lachner, poi fagotti e tamburi principiarono la *Marcia dei Moschettieri* di Lulli, e ancora la *Huldigung's Marsch* e la *Marcia Funebre* di Wagner.

Ricominciava a piovere – ora era grandine – e la banda non accennava a finire il concerto, anzi i clarini in *la bemolle mi bemolle*, le cornette in *si bemolle*, le trombe e il bombardino attaccarono la *Marcia funebre* di Ponchielli, ché questo era stato il programma voluto da Rosolino proprio come la madre Leonora aveva voluto il doppiopetto per Tano, morto alla Giunta Municipale.

Erano già le quattro del pomeriggio e nessuno aveva il coraggio di lasciare la piazza e interrompere il concerto, col muto lampo degli occhi facevano segno al Sindaco, speziale Turrumè ch'era tempo, con tutto il rispetto alla buonanima di Tano Verderame al Camposanto, d'andare all'asciutto e al sicuro dal pazzo di Rosolino.

Ma Turrumè non si muoveva proprio per lo stesso timore degli altri. Che cioè potesse contrariare Rosolino che, banda o no, pazzo era e pazzo restava.

Sì Rosolino, da quando s'era fatto la banda, calmo pareva, ma lui che aveva studiato da speziale lo sapeva che coi pazzi non c'è da fidarsi, un attimo ridono scherzano... un attimo dopo le forbici nel petto ti piantano... e tutti lo sapevano che quasi Leonora ci moriva con le forbici a un pollice dal cuore. Ora che Rosolino si beava del concerto nessuno aveva il coraggio d'andarsene ché Rosolino, per quanto una scarda fosse e mezzo uomo, pazzo era e al manicomio c'era stato.

Solo il Gran Croce si mosse – Rosolino gli dava le spalle. Si mosse verso la macelleria, andava a prendere carne di secondo taglio per i suoi picciotti. Ormai v'andavano in tanti e la costata di vitellino costava troppo cara, troppo cara.

Finito il concerto poco a poco si mossero tutti, bagnati insino all'ossa ma – si disse Turrumè – era pur sempre una benedizione, per l'orticaria che gli mangiava le cosce, quell'acquazzone.

Terranova 1948

«Rosolino presto... presto mi raccomando... lo sai che c'è la coda da fare alla posta... sotto mettila la bolletta della luce e poi passa alla banca per la cambiale... non è che se passa la banda ci vai appresso vero? .. mi raccomando che quando torni c'è da portare una bombola di pibigas alla merceria delle Spampinato... lo sai che quelle... tirchie come sono, casa e bottega ci fanno alla merceria...»

Rosolino lo sapeva che quelle zitellacce ci facevano casa e bottega alla merceria, perché non si respirava in quel buco sulla Scesa con l'odore di cavoli stufati e del chiuso della notte e sudiciume ovunque.

E sapeva che, quando ci portava la bombola di pibigas, non gli lasciavano neanche cinque centesimi per una limonata al chiosco. Solo lo guardavano – occhiatacce di compatimento – e gli rompevano l'anima coi soliti discorsi. «Lo sai che tuo nonno buonanima Giachino Verderame era il primo possidente di Terranova? ... e aveva il feudo di Mautàna che glielo invidiavano tutti... terra buona... grassa... e la cappella nel primo viale del Camposanto e il tuo bisnonno Rosolino aveva il mezzobusto dentro il Municipio...»

Sempre le stesse cose quelle vecchiacce «Lo sai... lo sai?»

Certo che sapeva tutto sapeva lui di suo nonno Giachino e di suo padre Tano, mica era scemo lui e poi se n'accorgeva che le Spampinato lo tenevano lontano dallo scaffale delle forbici, e gli parlavano tenendolo vicino alle spagnolette e ai merletti e alle mutande di lana buone per l'artrite.

Quanto a suo nonno don Giachino, Rosolino al Camposanto non c'era più stato perché la Cappella, come il resto della proprietà, era passata al Gran Croce per il prestito che gli era servito al suo Liceo Musicale. Poi il Gran Croce l'aveva venduta a certi allevatori di bestiame dell'agro di Terranova e le vecchie lapidi, con l'iscrizione di Leonora, erano state fatte a pezzi a colpi di piccone e gettate tra le robe vecchie in un deposito d'immondizie, proprio accanto al Camposanto.

Il ritratto di maiolica di don Giachino s'era spaccato in tre pezzi e sorci e gatti randagi vi passavano e spassavano e vi facevano i loro bisogni, tra i fiori delle corone che si seccavano al sole.

Il mezzobusto dell'eroe Rosolino, suo bisnonno, il Podestà Miccichè l'aveva fatto levare dall'atrio del Municipio – i liberali non erano in simpatia ai fascisti – e sostituire col mezzobusto in bronzo di Mussolini quando nell'estate del '37 Mussolini era venuto a Terranova e aveva preso bagni di mare al Lido Trinacria.

Quanto a suo padre Tano, invece, sapeva dove trovarlo e ogni sera v'andava, tranne i periodi di ricovero al manicomio di Palermo. Ogni tanto Rosolino ci cascava ma era cosa di poco... un po' di scosse elettriche e poi di nuovo tornava all'Ospizio del Buon Pastore in Terranova, perché anche Palazzo Rosso era finito al Gran Croce, a causa dei debiti del suo Liceo Musicale, e ora nel Palazzo abitavano i macellai più ricchi di Terranova, pure commercianti di bestiame.

Lui, Rosolino, che con Tano, quand'era vivo non c'era stato mai – sì e no, lo vedeva scappare per le scale, con la camicia di tela a quadri e Leonora dietro – ora ch'era morto ogni sera andava a trovarlo.

Lo sapeva dov'era e gli puliva la lapide, quella del Municipio, con le lettere del suo nome scolpite nel marmo.

Al tramonto s'avviava per la via del Calvario e, appena passato il Cortile delle Mantelline, al nuovo macello comunale ci trovava suo padre Tano.

Era successo che per costruire il macello – «la carne è ricchezza» sosteneva il Podestà Micciché – era stata, tra le altre, usata per il bancone dello scannatoio, la lapide di Tano – alla memoria del Sindaco Tano Verderame – posta sul muro dell'atrio del Municipio e inaugurata dallo speziale Sindaco Turrumè e dalla sua banda – un concerto di cinque ore, meglio di quelli al Politeama di Palermo – sotto un acquazzone che non finiva mai.

«Tutti tutti c'erano rimasti insino alla fine» raccontava Rosolino, pieno d'orgoglio, agli infermieri del manicomio, prima delle scosse e loro, che lo sapevano pazzo, fingevano di crederci «Sì certo... bravo una cosa magnifica... ché la malattia di mente è una brutta cosa... proprio... uno si crede Garibaldi... un altro Napoleone... un altro il Papa... brutta cosa la pazzia...» dicevano sottovoce.

Sulla lapide di Tano ora ci macellavano vitelli e capretti e lui, che l'aveva scoperto per caso, la sera era sempre là. Specie quando il sangue si cagliava troppo sulle lettere dell'iscrizione, un epitaffio da signori (otto giorni per comporlo lo speziale Turrumè c'era stato chiuso nello studio pur se l'orticaria gli mangiava le cosce).

Il nome di Tano Verderame non si leggeva più sul bancone per via del sangue che vi ristagnava, assieme a schegge d'osso e pezzetti di rognone. E Rosolino, che ci teneva alla lapide di Tano, si sbottonava i pantaloni sull'inguine e, tirato fuori un cosino piccolo e mollo come budello di capretto, una specie di stigghiola, ci pisciava sopra – il piscio caldo caldo scioglieva i grumi.

E mentre imprecava contra i facchini del macello perché con la furia dell'acqua e lo spazzolone dovevano lavarla la lapide di Tano e, invece, se ne fregavano.

Poi contento d'averla pulita per bene la lapide col suo piscio caldo, se ne tornava all'Ospizio che, massimo per le otto, la sera, doveva essere dentro.

La mattina n'usciva e andava nella rivendita di bombole pibigas di Nicolino Buttiglieri, gli pagava i conti correnti alla posta e le cambiali in banca. C'era da fare la fila alla posta e Nicolino, che doveva sbrigare i mestieri della bottega e prendere le commissioni dei clienti, ci mandava Rosolino.

Il direttore dell'Ospizio l'aveva raccomandato a Nicolino «Se si tiene impegnato lui sta tranquillo... al manicomio così non ci torna... è un'opera buona... pensa che fine hanno fatto i Verderame... l'albero pecca la foglia riceve... non vi costa niente... vi può guardare il negozio...»

Nicolino che, oltretutto, bombole vendeva e nella sua bottega non c'era l'ombra d'un coltello o d'una forbice, se lo prese a bottega.

Altro che lavoretti e guardargli il negozio come gli aveva raccomandato il direttore dell'Ospizio. Lo mandava in giro tutto il giorno, alla Banca alla Posta lo sfruttava gli caricava le bombole sulle spalle e pure si vantava che aveva buon cuore, mentre Rosolino, minuto com'era rimasto, col fiato grosso risaliva la Scesa sino alla merceria delle Spampinato, che poi manco un soldo per la limonata gli davano, e rifaceva la Scesa con la flebite e la testa che spariva sotto la bombola blu.

Non lo pagava mai Nicolino, solo la limonata, «A metà mattino ti devi tenere leggiero...» diceva «sudi meno e campi di più.»

E lui, quando Nicolino diceva «campi di più», pensava

al maestro Prestigiacomo in Palermo, che ci teneva a campare di più e al suo cane Garibaldi che pisciava a forza sulla quercia della Villa prima d'andare ai concerti.

Del maestro Prestigiacomo non aveva saputo più niente, solo quando passava davanti al laboratorio di pasticceria sulla Scesa pensava alle loro passeggiate che si concludevano sempre al Gran Caffè, pur se Prestigiacomo aveva il diabete e ci teneva a campare di più di più.

In fila davanti allo sportello dei pagamenti, alla posta, le gambe pur magre finite dalle varici, Rosolino la sentì la banda in lontananza che – era la vigilia della Madonna della Speranza – percorreva tutte le vie di Terranova insino ne' cortili con le poche marcette del repertorio. E lui, appresso alla banda voleva andare, non dalle Spampinato che lo pensavano scemo e gli chiedevano come si fa con le creature sceme, che hanno avuto la botta di latte «Lo sai... lo sai?»

Certo la banda ora era quella del Comune, arrangiata, e suonava a servizio d'obbligo, i musicanti erano analfabeti, per lo più suonavano ad orecchio, e gli strumenti – clarini trombette bombardini flauti piatti – erano una vera pietà, scuri, senza lucentezza, a lutto parevano.

La sua sì ch'era stata un'altra cosa. Una banda come non se n'erano mai viste prima d'allora e i musicisti, diplomati al Conservatorio, e un italiano fino di grammatica e la lavanda dopobarba e l'unghia bianca netta, non affumata di vigna e carboni.

Non ci sarebbe andato alla merceria – aveva deciso – appresso alla banda invece andava, ad aggiustare le divise erano povere lise nelle pestagne e strette nel giromanica a starci dietro al 2° clarinetto in *si bemolle* che non aveva orecchio e, in più, sudava come il porco per la lotteria in onore della Madonna.

Poi, finite le vanelle di Terranova, nel magazzino dove lasciavano gli strumenti ci avrebbe pensato lui a lucentarli col Sidol e il maglione di lana, ché in una banda «Piatti, ottavini, trombe, clarini brillare devono più che le stelle in cielo» raccomandava ai musicanti quando lo facevano assistere alle prove ai vesperi, la pancia piena del gas dei fagiuoli, e le ascelle che sudavano a litri. E loro lo compativano «Si sa com'è Rosolino si sa... poveretto....» strizzando l'occhio.

Infine si cominciava con le note della *Gioconda* di Ponchielli o l'*Africana* di Meyerbeer, però sottovoce canticchiavano

Maramao perché sei morto
pane e vin non ti mancava
l'insalata era nell'orto
e una casa avevi tu
le micine innamorate
fanno ancor per te le fusa...

così al 1° clarino ch'era stato caposquadra al tempo de' fascisti e faceva lo spacchiùsu nella divisa nera e si 'nnacava sulla Scesa della Passione, quando agli artigiani chiedeva la tessera del fascio, e gli scoppiava di bile il fegato ora ch'era tornato a bottega, agli attrezzi da fabbroferraio.

Quanto alla guerra era passata a Terranova proprio come i mosconi sulla verruca di 'Nzino il sagrestano che ci lasciavano un po' di cacca secca, e via.

A sera, dopo che Rosolino, uno a uno li aveva lucentati col Sidol e con tutto il fiato del petto, le trombe i flicorni i piatti avevano preso un po' di luce.

Dietro la porta nel sottoscala la 1ª tromba canticchiava l'ultimo successo di Alberto Rabagliati «ba ba baciami bambina sulla bo bo bocca piccolina dammi tanti tanti baci in quantità tarararararararararà» ché la sera, al Lido Trinacria, cantava in un complessino, con altri tre manovali come lui.

Ma, al Lido, specie per la Festa della Madonna v'andavano le ragazze da marito con la treccia nera e la cintura stretta alla vita. Col permesso dei genitori, che speravano d'accasarle, ci si poteva ballare e, pure se ballavano con creanza, le cosce grandi sotto la gonna di tulle si sentivano, come pure i seni che scoppiavano nel reggipetto del corredo.

Guardò un'ultima volta, Rosolino, gli strumenti della banda e si disse che di meglio non si poteva fare. Ripensò ai suoi, mentre, nuovi di zecca, che luccicavano come le stelle dell'Orsa e dire che il Gran Croce – di musica non ne capiva – l'aveva venduti a peso, come ferri vecchi, a un rigattiere in tempo di guerra.

Rosolino arrivò ch'era tardissimo – pur s'era festa – all'Ospizio, ma pensò che il direttore non avrebbe fatto storie.

Lui, Rosolino Verderame era raccomandato dal Vescovo in persona, proprio dal Vescovo di Piazza Armerina e, quando il Gran Croce l'aveva buttato fuori da Palazzo Rosso, in quattro e quattr'otto il Vescovo in persona s'era premurato di farlo ricoverare al Buon Pastore e il Direttore all'Eccellenza Eminentissima il Vescovo aveva detto subito di sì.

"Là dove il lago finisce
è pietà il giudizio della sera..."

La piazza Matrice stremava letteralmente di terrazzieri e manovali e garzoni, e i rondoni della torre campanaria precipitavano sui semi come stelle filanti.

Tutti voleano vederlo il Vescovo di Piazza Armerina da i modi gentili, da vero signore, il figlio di Mariannina.

Anche Rosolino lo guardava il Vescovo, solenne nel piviale che gli copriva i piedi, venuto apposta da Piazza Armerina a Terranova nella Matrice dov'era stato arciprete.

«Per fortuna che non lo sa d'essere il bastardo di don Giachino... sennò altro che raccomandarmi all'Ospizio... al manicomio mi mandava dritto dritto... per fortuna per fortuna... che così resto a Terranova e ci do l'occhio alla banda...» pensava Rosolino dalla piazza.

Lupo, negli anni s'era adattato a essere il bastardo di don Giachino, come ci si adatta a prendere una mulattiera, ma solo se la strada principale è interrotta per via d'una voragine, e se uno non è tanto pazzo da andarci lo stesso e creparci. In questo senso s'era adattato Lupo, il Vescovo di Piazza Armerina.

Lupo era Vescovo dal '23 ché quella volta all'Amministratore Apostolico che gli comunicava l'investitura «Sissignore» aveva detto «sissignore... come volete... sissignore...» proprio come diceva a don Giachino, già dai tempi del seminario.

Da Piazza Armerina Lupo s'era curato, sia pur con discrezione, di Rosolino ché don Giachino c'era morto con la pena di quell'unico nipote pazzo.

E quando il Gran Croce aveva rubato Mautàna a Rosolino che non capiva niente, lui aveva addirittura pensato di ricomprarla, perché Mautàna era di don Giachino e tale doveva restare. Ma poi considerando che Mautàna l'avevano in gabella dei braccianti timorati di Dio e che, oramai al sicuro da Stinca buttàna e assassina, senza timore v'andavano i predicatori per la settimana della Passione e che pure con l'occhio perso di sonno, sulle sedie dure le ascoltavano le prediche i braccianti, aveva lasciato perdere.

Don Giachino, comunque, aveva avuto ragione su tutto, o forse Lupo la pensava così solo perché era vecchio, e quando si è vecchi, si sa, si considerano inutili i pensieri dolorosi. Una perdita di tempo, e basta.

Soprattutto riguardo a lui aveva avuto ragione don Giachino, perché, in ultimo, pur se giurava d'odiarlo il vecchio là all'inferno dov'era, c'era diventato Vescovo di Piazza Armerina. E forse non era malvagio pensare che ci fosse diventato Vescovo per compiacerlo il vecchio, in quest'unica cosa, non certo per ubbidirgli come in tutte le altre.

Piazza Armerina poi era proprio la curia più ricca come diceva don Giachino... «Vescovo Lupo... Vescovo di Piazza Armerina... la curia più ricca...» e, infine, c'era stato, sulla stuoia di capra, con le femmine delle masserie, che avevano le cosce brune e il pelo sudato e sotto niente niente proprio come assicurava don Giachino «Femmine delle masserie col pelo bruno e sudato...»

Da lontano lo guardava, Rosolino, dalla piazza – la banda non c'era ancora – e si diceva ch'era una fortuna per lui che il Vescovo non lo sapesse d'essere il bastardo di don Giachino.

A mezzanotte in punto esplosero i fuochi dal Pontile e tutti lo guardavano quel cielo incendiato dal Bastione, e l'aria impazzita di quei lumi glauchi e rubini ch'or s'allumavano or ne morivano nel cielo di Terranova e gli occhi de' terrazzieri, vaghi della festa, s'accendevano e si spegnevano proprio come i fuochi dal Pontile.

Nell'aria odori di scoglio e d'alga e il canto di Ganza di Bellacèra «*Chi me piglia pe' francesa... chi me piglia pe' spagnola*» e la coscia immacolata di Stinca con la vena blu. Blu come il mare.

Stidda ca nascisti a lu livanti
stidda ca va a cuoddi a lu punenti